무한 레벨업

현윤 퓨전 판타지 소설

FUSION FANTASTIC STORY

무한 레벨업 2

현윤 퓨전 판타지 소설

초판 1쇄 찍은 날 § 2016년 4월 19일
초판 1쇄 펴낸 날 § 2016년 4월 26일

지은이 § 현윤
펴낸이 § 서경석

편집책임 § 이재림

펴낸곳 § 도서출판 청어람
등록번호 § 제387-1999-000006호
등록일자 § 1999. 5. 31
어람번호 § 제1-2411호

주소 § 경기도 부천시 원미구 부일로 483번길 40 서경B/D 3F (우) 14640
전화 § 032-656-4452 팩스 § 032-656-4453
http://www.chungeoram.com
E-mail §chungeorambook@daum.net

© 현윤, 2016

ISBN 979-11-04-90770-8 04810
ISBN 979-11-04-90768-5 (세트)

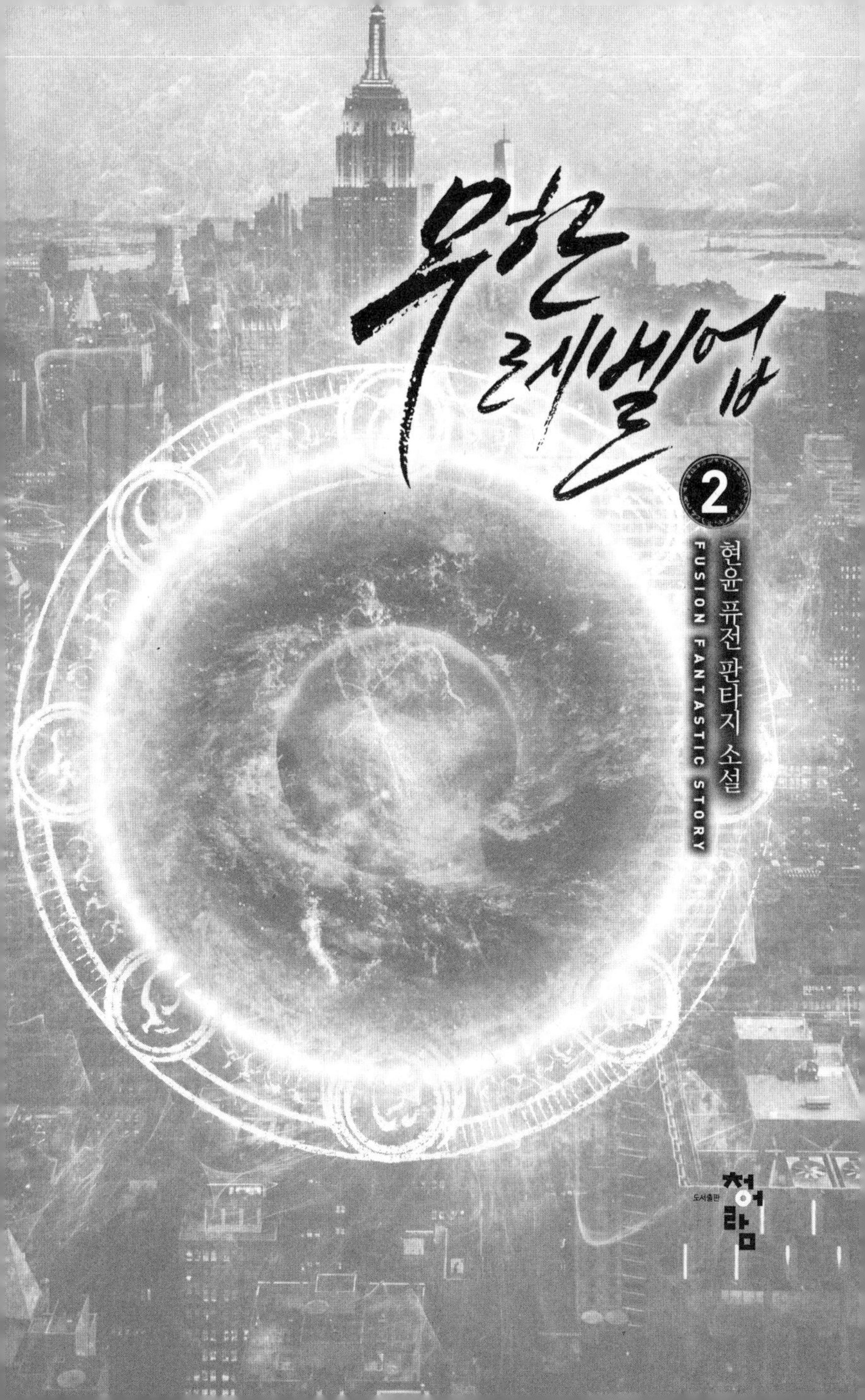
무한 레벨업
2
현윤 퓨전 판타지 소설
FUSION FANTASTIC STORY
도서출판
청어람

목차

제1장

에밀리아호

  판테리아 통합력 845년, 때는 바야흐로 대륙 간 세계대전이 한창일 무렵이었다.

  북부 대륙 최강국 아케인 왕국이 중앙대륙으로 파병한 후, 각 대륙의 열강들은 서로 중앙대륙을 차지하겠다며 병력을 집결시켰다.

  네 개의 열강은 중앙대륙의 패권을 틀어쥐기 위해 무려 10만이 넘는 병력을 투입시켜 치열한 전투를 벌였다.

  중앙대륙의 풍부한 자원과 조타린 해협의 항구 55개를 점령하게 되는 순간 세계의 패권은 순식간에 바뀌게 될 것이기 때문이다.

하지만 이 거대한 전쟁이 거듭되면 거듭될수록 각 나라의 재정 상태는 급격하게 저하되어 기아와 빈곤이 창궐하게 되었다.

피죽 한 그릇 먹지 못하여 아사하는 사람이 수두룩했으며, 거리에는 거지와 고아가 즐비했다.

각 대륙은 그야말로 서서히 공멸 상태로 접어들어 가고 있었던 것이다.

기아와 빈곤은 절망한 젊은이들을 거리로 내몰았고, 갈 길을 잃은 젊은이들은 전쟁과 범죄 사이에서 방황할 수밖에 없었다.

전쟁에 나가게 되면 극심한 빈곤에서 도망칠 수는 있겠지만 목숨을 부지할 수 있으리라는 보장이 없었다.

그리하여 대륙의 수많은 젊은이들이 뒷골목 주먹이나 도적떼 등으로 둔갑하여 온 판테리아를 휩쓸고 다녔다.

그중에서도 가장 악랄하고도 유명한 세력이 바로 해적이었다.

판테리아 해적은 돈이 되는 일이라면 물불을 가리지 않고 행하였으며, 인신매매나 어선 피탈 같은 일도 서슴지 않았다.

해적은 5개 대륙 전역에서 기승을 부렸지만 가장 사태가 심각한 곳은 바로 조타린 해협이었다.

조타린 해협에서 유통되는 각종 광물을 노략질해서 장물로 팔면 돈이 꽤 쏠쏠하게 벌렸기 때문이다.

어차피 나라에서 파는 광물에는 엄청난 세금이 붙으니 상단에선 차라리 위험을 감수하고 장물을 사들이는 것이 훨씬 더 이득이었다.

그래서 상인들과 해적들은 서로 손을 잡고 온 대륙에 장물을 퍼뜨리고 그에 연결된 수많은 상단을 먹여 살렸다.

이들 해적 중에서도 가장 악랄하고 유명한 사람은 바로 해적왕 '블랙슨'이었다.

블랙슨은 자신의 죽은 딸 에밀리아의 이름을 따서 만든 에밀리아호를 끌고 다니면서 수없이 많은 군선과 상선을 약탈했다.

에밀리아호의 보라색 깃발은 상선은 물론이고 군선들까지 공포에 떨게 만들 정도로 악명이 드높았다.

판테리아 중앙대륙의 뒷골목 속담 중에 '미친 사람은 보라색을 좋아한다'는 말은 여기서 나온 것이었다.

블랙슨이 이렇게까지 강성한 세력을 유지할 수 있던 것은 에밀리아호가 에고스톤 동력기를 단 최초의 함선이었기 때문이다.

에고스톤은 고대의 선인들이 죽으면서 남긴 영혼의 결정체인데, 지금은 구할 수가 없어 마정석이라는 대체 용품이 개발되었다.

이 에고스톤은 마정석과는 다르게 영원불멸한 에너지를 방출하기 때문에 사람 손톱보다 더 작은 돌멩이 하나로 거대한 전함을 죽을 때까지 굴릴 수 있었다.

공식적인 것은 아니지만 각 대륙의 수뇌부에선 이 에고스톤을 차지하기 위해 첩보전까지 벌였다.

이렇게 대단한 에고스톤을 장착하고 그것을 동력으로 사용하며 마공포까지 쏘아대는 에밀리아호의 스팩은 기성 전함들을 훨씬 상회하는 것이었다.

한마디로 바다에선 에밀리아호를 넘어설 수 있는 무기 자체가 없었던 것이다.

블랙슨이 이끄는 퍼플리아 해적단은 보라색 두건을 쓰고 전 세계 방방곡곡을 누비며 노예를 유통시키고 장물을 거래했다.

그들이 유통시킨 노예의 숫자는 중앙대륙 인구의 1/10에 달했으며 그것을 현금으로 환전시키면 공작령 하나를 세우고도 남을 정도였다.

역사의 한 획을 그을 정도로 승승장구하던 퍼플리아 해적단은 갑자기 세계대전이 종식되면서 자취를 감추게 되었다.

신성제국을 주축으로 한 전 세계 연합군이 형성되어 퍼플리아는 물론이고 수많은 범죄 집단을 소탕하고 다녔기 때문이다.

이 과정에서 블랙슨은 전사해 버렸고, 퍼플리아 해적단은 역사 속으로 그 자취를 감추어 버린 것이다.

—역사서 '전쟁과 바다' 中에서 발췌

이른 아침, 나할린 선착장에는 상선 '밀리'의 물자 보급이 한창 진행 중이었다.

나할린 잡화상점 10곳에서 공수한 물량이 밀리호의 지하 창고로 속속들이 들어오고 있다.

잡화상점 길드에서 파견된 행수 지프는 밀리호의 선장이자 선단의 주인에게 이번 물품의 대금에 대해 말했다.

"선수금으로 받은 10골드를 제외하고 12골드를 지불하시면 됩니다."

"물품 값이 생각보다 비싸군요."

"있는 것 없는 것 다 털어서 오다 보니 시세가 약간 뛰었습니다. 그 정도는 이해해 주시리라고 믿습니다."

"뭐, 그럽시다."

애초에 계약한 돈보다 1골드 50실버나 비싼 돈을 뜯어낸 지프는 만족스러운 표정을 지었다.

"이것으로 거래는 성사된 겁니다. 더 필요한 것이라도 있습니까? 선상 노예가 필요하시다면 줄을 대드릴 수도 있습니다만."

"됐습니다. 안 그래도 선원은 충분합니다. 어제 술집에서 구했거든요."

"아하, 그러시군요."

지프는 1골드 50실버나 횡령하고도 아직 발걸음을 떼지 못했다.

"그래도 아주 혹시나, 혹시나 인력이 부족할 수도 있으니 다시 한 번 생각해 보시지요."

"…그럴 일 없습니다. 남녀 합쳐서 50명입니다. 이 정도면 충분하다고 생각합니다만?"

"하긴, 상선이라 전함보다 사람이 덜 필요하겠습니다만……."

"하시고 싶은 말이 뭡니까?"

"헤헤, 저는 그냥 가시는 길이 걱정되어서 그러는 것뿐이지요."

"그럴 필요 없습니다. 그럼 전 이만."

사실 지프는 노예 장사가 이문이 가장 많이 남기 때문에 자꾸만 선상 노예에 대해서 운을 뗀 것이었다.

하지만 이 청년은 아무래도 씨알도 먹히지 않았다.

"크, 크흠! 보자. 장부를 다시 보니 물건의 수량이 맞지 않는 것 같은데……."

"그게 무슨 말입니까?"

"선창을 한번 다시 뒤져봐야 할 것 같은데, 제가 내려가 봐도 될까요?"

"……."

청년은 딱딱하게 굳은 표정으로 그의 눈동자를 똑바로 응시했다.

"…도대체 나에게 원하는 것이 뭐요?"

"헤헤, 그냥 좋은 사람들끼리 만나서 좋은 얘기 좀 더 하자는 것이지! 출항이 그렇게 급하십니까? 저와 함께 노예 얘기도 좀 하시고……."

지프가 대놓고 노예장사에 줄을 놓을 때쯤 어디선가 날카로운 물건이 날아왔다.

피융!

"허, 허억!"

그의 볼을 스친 것은 다름 아닌 단도였다.

단도는 그를 아주 아슬아슬하게 스치고 지나가 함선 바닥에 꽂혔다.

퍼억!

잠시 후, 한 청년이 망루에서 뚝 떨어져 내렸다.

파밧!

그는 지프의 곁으로 다가와 아주 나지막이 말했다.

"…죽고 싶은 것이오, 아니면 그냥 정신이 나간 것이오?"

"아, 아니, 제 말은 그게 아니고……."

"당신의 논리대로라면 그쪽 머리도 한번 열어 봐야겠네. 아무래도 정상이 아닌 것 같으니 말이오."

살벌한 청년의 눈길에 지프는 당장 장부를 챙겨 선단에서 발을 뗐다.

"아, 아하하! 뭔가 착오가 있었군요! 그, 그럼 저는 이만!"

쏜살같이 달려나가는 그를 바라보며 청년이 고개를 가로저었다.

"저런 장사치가 하는 말을 다 받아주었다간 아마 오늘 안에 출항하기 힘들 거요."

"아, 네."

"그럼 저는 이만."

돌아서는 청년에게 선단의 주인이라고 알려진 사내가 말했다.

"고맙습니다, 네이튼 병사장님."

"……."

네이튼은 아무런 말 없이 발걸음을 돌렸다.

* * *

지하 선실 깊은 곳, 이곳에선 밤낮으로 어린아이의 울음소리가 들려오고 있다.

"으앙, 으아앙!"

"…이상하네. 도대체 왜 30분마다 한 번씩 깨서 울음을 터뜨리는 거지?"

칼리어스의 왕녀 세실리아는 배가 고프다고 울며불며 떼를 쓰는 갓난아기를 달래느라 정신이 없었다.

그녀는 야크의 젖을 마법으로 정화시켜 만든 우유를 나무 젖병에 부었다.

촤르르륵.

흔들리는 선상에서 우유를 젖병에 넣는다는 것도 힘든 일인데 아이까지 울어대 정신이 없었다.

하지만 아이가 자지러지듯 우는 바람에 어쩔 도리가 없었다.

절반은 흘리고 절반은 젖병에 우유를 담아 간신히 목표한 양을 채운 그녀는 아이를 안아 들었다.

"다, 다되어간다! 조금만 기다리렴!"

"으아아아앙!"

점점 더 악을 쓰고 우는 아이에게 허겁지겁 달려간 에밀리아는 재빨리 젖병을 물렸다.

그러자 아이는 흐느끼며 젖병을 빨기 시작했다.

"춥춥춥."

"휴우, 그만 좀 울어라. 도대체 왜 이렇게 자꾸 울기만 하는 거야?"

그녀는 아이가 젖을 물자마자 몸의 힘이 쭉 빠지는 것을 느꼈다.

"하암! 죽겠네. 도대체 아기 엄마들은 언제 잠을 자는 거지? 30분마다 깨어서 울고 난리를 치는데……."

지금까지 그녀는 무려 일주일 동안이나 잠도 제대로 못 자고 밥도 굶으면서 아이를 돌보고 있었다.

가끔 시녀들이 내려와서 우유를 주고 가긴 했지만 아이를 봐주지는 않았다.

선실 내부에 너무 오래 머물면 안 된다는 기사 가우스트의 말 같지도 않은 논리 때문이었다.

그는 공주는 물론이고 이곳에 탄 사람들의 신분이 노출되면 안 된다는 이유로 사람들을 밖으로 돌아다니지 못하게 했다.

가까스로 신분을 구한 사람들도 있긴 했지만 그들은 일부에 불과했다.

그녀는 밖으로 나가지도 못한 채 선실 내에 갇혀 아이를 보느라 거의 실신할 지경이었다.

"쿠울……."

젖을 물리다 말고 끔뻑 졸아버린 그녀는 배가 흔들려서 잠에서 깼다.

꿀렁~

"허, 허억! 큰일 날 뻔했네!"

신생아는 젖을 먹인 후 트림을 시켜주지 않으면 먹은 것을 다 토해내고, 그것이 기도를 막을 수도 있기 때문에 양육자가 잠들어 버리면 큰일이 날 수도 있었다.

그래서 잠을 잘 때나 밥을 먹을 때나 항상 아이에게 집중해야 하는 것이다.

대략 5분 후, 아이가 더 이상 우유를 먹지 않겠다며 혀를 날름거린다.

"으응? 다 먹었나?"

그녀는 지나가는 말을 엿들은 방법대로 아이의 입가를 손가락으로 툭툭 쳤다.

그러자 아이가 손가락이 있는 곳으로 입을 가져다 댄다.

"배가 고픈 건가? 아닌데. 분명 혀로 밀어낸 것 같은데……."

아이가 하루에도 몇 번씩 변덕을 부리는 통에 머리가 깨질 것 같은 그녀였다. 하지만 아는 것이 없으니 어쩔 도리가 없었다.

바로 그때, 선실의 문이 열리며 가우스트가 들어왔다.

"부족한 것은 없습니까?"

"…부족한 것이 왜 없어요? 당신의 목을 칠 왕권이 있었으면 좋겠네요."

"마마께서 요즘 많이 힘드신 모양입니다. 그런 거친 언사를 다 하고 말입니다."

"사람 놀리는 것이 좋아요?"

그는 빈 우유 통을 채워주고 아이가 쓸 기저귀를 테이블 위에 올려두었다.

"그나마 똥 기저귀를 손으로 안 빠는 것을 다행으로 아셔야 합니다. 듣자 하니 백성들은 보통 다 기저귀를 손으로 빨아서 쓴답니다."

"…무슨 말이 하고 싶은 건데요?"

"사람들은 다 힘들게 살아갑니다. 사연은 신분이 높든 안 높든 다 하나씩 있다는 소리지요."

"……."

"아무튼 아이를 잘 부탁합니다."

가우스트는 다시 문을 열고 선실 밖으로 나가 버렸고, 그녀는 계속해서 아이와의 씨름을 이어나갔다.

*　　　*　　　*

나할린 강 유역을 지나 조타린 해협에 거의 다 도달해 가는 하진의 여정은 예상치 못한 복병을 만나 그 일정이 변경되었다.

애초에 서부로 가려던 하진은 배를 구매하지 못했고, 그 과정에서 세실리아를 만나 동부 해협으로 가게 된 것이다.

처음 나할린에서 나올 때에 하진은 와이너스의 도움을 받아 그곳에서 나올 수 있었다.

배를 구매하고 상단 신분을 가진 와이너스 덕분에 짐꾼으로 위장하여 조타린까지 나올 수 있었던 것이다.

이때 와이너스가 하진에게 내건 조건이 바로 세실리아를 정상으로 만들고 동부 에멘트 해협까지 무사히 도착하는 것이었다.

만약 이 두 가지가 모두 지켜진다면 밀리호를 하진에게 기부하고 필요한 식량까지 보충해 주기로 했다.

하진의 입장으로선 그의 조건을 수락하지 않을 수가 없었다.

솨아아아아!

바람이 부는 갑판 위로 나온 하진에게 병사장들이 다가왔다.

"대장님, 순풍입니다. 이대로라면 다음 보급지까지 일주일이면 닿을 수 있을 것 같답니다."

"다행이군."

하진은 인터페이스에서 월드맵을 펼쳐 조타린에서 에멘트 해협까지 얼마나 걸리는지 계산해 보았다.

조타린에서 에멘트까진 대략 한 달에서 한 달 보름 정도 소
요될 것으로 예상되지만 바다는 그리 호락호락한 곳이 아니었
다.

　"우리 주민 중에 행해 기술을 가진 사람이 있던가?"

　"아니요, 조선소와 독에서 파는 기본 항해서를 가지고 배를
몰고 있지요."

　"흐음, 그랬군."

　망망대해에서 항해사 없이 배를 몬다는 것은 그리 간단한
일이 아니었다.

　그나마 밀리호가 연안을 따라 움직이기 있기 때문에 망정
이지, 조금 더 먼 바다로 나간다면 반드시 난관에 봉착하고
말 것이다.

　"다음 목적지는 어디인가?"

　"우리는 일주일 후 라스리 공국에 도착하게 됩니다."

　"라스리 공국이라……."

　"남동부에선 가장 큰 나라입니다. 아마도 그곳에서 운이 좋
다면 항해사를 구할 수도 있겠지요."

　"운이 좋다면… 이라……."

　"항해사는 몸값이 비쌉니다. 그리고 우리와 같은 방랑군에
겐 더더욱 몸을 의탁하려 하지 않을 것이고요."

　"하긴, 그건 그렇겠군."

"만약 라스리에서도 항해사를 구할 수 없다면 계속해서 연안으로만 배를 몰아야 합니다. 그렇게 되면 적어도 동부 해협으로 가는 데 족히 두 배는 더 걸리겠지요. 그만큼 위험도도 더 커질 것이고요. 지금 헤이슨 제국에서는 정기 수색선 파견을 세 배 더 늘렸다고 합니다. 언젠가는 울며 겨자 먹기로 연안을 떠나야 할지도 모르지요."

하진은 처음 배를 구할 때 워낙 경황이 없어서 항해사를 구하지 못한 채 바다로 나갔다.

그 때문에 지금 하진의 공격대는 수많은 시행착오를 겪으며 간신히 배를 몰고 있었다.

만약 이 상태에서 해적이라도 만난다면 꼼짝없이 저승행일 것이 뻔했다.

"최대한 노력해 보자고. 어차피 물자를 보급하고 배를 수리해야 하니 그때 항해사를 구해보자고."

"예, 알겠습니다."

하진은 얼마 남지 않은 돈으로 과연 뛰어난 항해사를 구할 수 있을지 의문이다. 하지만 살기 위해선 그 어떤 선택이라도 해야만 했다.

*   *   *

유피란츠 왕국 수도 네르비아에 헤이슨 제국군 총사령관 제로니안과 아케인 왕국군 총사령관 라이오니슨이 협상 테이블을 놓았다.

아케인 왕국군은 이미 신성제국과 손을 잡았고, 헤이슨 제국은 서부전사연합국과 손을 잡았다.

이로써 중앙대륙을 놓고 두 개의 거대한 세력이 각축을 벌이게 된 것이다.

제로니안은 마치 선인장처럼 뾰족하게 난 수염과 애꾸눈을 가린 안대가 인상적인 사람인데, 그의 풍채는 가히 압도적이라고 할 만했다.

그에 반해서 라이오니슨은 중성적인 느낌마저 나는 은발의 미청년이었다.

라이오니슨은 아케인 왕국의 제1왕자로 군부의 힘을 등에 업고 다음 대 왕이 될 왕위 후계자였다.

뛰어난 지략과 검술로 총참모장을 지내기도 한 라이오니슨은 선대왕의 유품인 바스타드 소드를 마치 분신처럼 지니고 다녔다.

스릉, 스릉.

그는 협상 테이블임에도 직접 숫돌로 검을 손질하고 있었다.

"명검이구려."

"나의 조부께서 직접 나에게 남기신 유품이오. 내겐 목숨보다 더 소중한 검이지."

"그래, 그럴 만한 가치가 있어 보이는군."

두 사람은 아까부터 계속 중앙대륙의 지도를 사이에 놓고 딴소리만 늘어놓고 있었다.

무려 네 시간 넘도록 담소를 나누고 있는 그들의 행동은 마치 마을 반상회를 보는 것 같은 착각이 들게 했다.

하지만 이 네 시간 동안 각 측 신하들은 피가 마르는 것 같은 느낌이 들었다.

라이오니슨은 갑자기 칼을 갈다 말고 툭 말을 내뱉었다.

"남부에 군정을 세우겠다고 들었소. 진심이오?"

"물론이외다. 왕세자께서도 북부에 통합 군정을 세운다고 하지 않았소?"

"뭐, 어쩌다 보니 그렇게 되었소. 칼리어스 때엔 안 그랬는데 유피란츠 대엔 뭐 그리 외교 관계가 복잡한지 모르겠소이다. 한 나라에 세 개의 군정이 웬 말이란 말이오?"

"국제 정세가 그리 흘러가는데 난들 어쩌겠소이까?"

사실 오늘 이들이 협상 테이블에 앉은 이유는 어느 쪽이 괴뢰정부를 세울 것인가에 대한 사안을 결정하기 위해서였다.

어차피 유피란츠 왕국이 세워진 이상, 한쪽은 왕가를 등에 업고 신탁통치를 해야 하기 때문이다.

친 칼리어스적 성향을 가지고 있던 헤이슨 제국에선 남부에 신탁통치 기반을 마련하고자 했지만 갑자기 예상치 못한 유피란츠가 정권을 잡으면서 계획이 틀어지고 말았다.

유피란츠와는 정치적 성향이 너무 맞지 않은 헤이슨 제국은 신탁통치를 고사하였고, 그 사안은 곧바로 아케인 왕국으로 넘어가 버렸다.

하지만 문제는 신탁통치를 한다고 가정하면 자신들 마음대로 광산 채굴권과 토지 개발권을 휘두를 수 없다는 것이었다.

이 때문에 두 세력은 서로 유피란츠 왕국을 떠넘기기에 바빠진 것이다.

아마 두 세력 모두 유피란츠 왕국을 그냥 멸망시키고 꼭두각시 왕을 세우거나 무정부 상태로 놓는 방안에 대해서 논의해 본 적이 한 번쯤은 있을 것이다.

그러나 그것은 또 다른 세계대전을 야기하는 일이기에 모두 쉬쉬하며 입조심을 하는 것이다.

그때 라이오니슨이 숫돌을 한쪽으로 치우고는 검을 검집에 집어넣었다.

철컥!

"됐군. 이 정도면 당장 전투에 나가도 되겠소."

"칼을 가는 데 네 시간이나 걸리다니, 명검을 손질한다는 것이 쉽지는 않은 일인 모양이오?"

"명검은 그만한 심력을 소모할 가치가 있는 것 아니겠소?"

그는 가지런히 갈무리한 검으로 유피란츠 왕국의 지도가 놓여 있는 테이블을 양단해 버렸다.

서걱!

제로니안은 그가 네 시간 넘게 심사숙고해서 내린 결정이 무엇인지 단박에 알아챘다.

"…결국 그리 결정을 내리신 게요?"

"우리 모두에게 이로운 것이 무엇인지 깨달았을 뿐이요."

"후후, 역시 차기 제왕다운 모습이구려."

"칭찬 고맙소이다."

그는 라이오니슨에게 앞으로의 행보에 대해 말했다.

"며칠 후 각 식민 지배 구역에 대한 협상을 위해 사절단이 파견될 것이오. 당신들은 어떻게 하실 생각이오?"

"비슷한 시기에 사람을 보내겠소. 그전까진 각자 알아서 정리할 것은 정리하도록 합시다."

"물론이오."

결국 두 사람은 유피란츠의 정권을 인정하지 않기로 무언의 합의를 본 것이다.

*   *   *

나흘 후, 조타린 해협의 첫 번째 항구도시 라스리 공국이 모습을 드러냈다.

라스리는 아름다운 경관과 부유한 재정으로 남부 해협의 꽃이라 불리는 곳이다.

예로부터 라스리는 뛰어난 예술가들이 많이 탄생했는데, 명화와 명시는 라스리에서부터 나온다는 말이 있을 정도였다.

하진은 라스리에서 부족한 물자를 보급하고 배의 고장 난 부분을 수리하기로 했다.

이곳에서 1박 2일 정도 쉬었다 출발하는 일정이 잡혔기 때문에 병사장들은 하진의 명령에 따라 재야인사 등용에 나서기로 했다.

네이튼과 함께 시장으로 나온 하진은 가장 먼저 여관과 술집을 돌기로 했다.

여관과 술집은 사람들이 가장 많이 몰리기 때문에 각종 소문과 정보를 얻기에 가장 좋은 곳이었다.

술집 주인은 하진과 네이튼이 자리에 앉자마자 술부터 내어놓았다.

"동화 한 닢이요."

"묻지도 않고 술부터 내어놓습니까?"

"이곳은 원래 그래요. 마시기 싫다면 어쩔 수 없고요."

하진은 대답 대신 동화 한 닢을 테이블 위에 올려놓았다.

그리고 그녀는 동전을 회수하면서 하진과 네이튼에게 물었다.

"이곳 사람이 아닌 모양이지요?"

"네, 북부에서 왔습니다."

"아아, 어쩐지. 북부의 장사치들은 이해타산적이라서 이런 우리의 행동을 이해하지 못하죠."

"어떤 행동 말입니까? 다짜고짜 술부터 내어놓는 것 말입니까?"

"당연한 것 아닌가요? 배를 타고 하루 이틀 온 것도 아닐 텐데 시원한 맥주 한 잔 생각나는 것은 인지상정이라고요."

"어차피 술은 마실 것이고 여관은 바쁘니 급한 것부터 내어준다는 뜻이군요."

"그래요, 이 깍쟁이 북부 양반아."

하진은 실소를 흘렸다.

"어딜 봐서 내가 깍쟁이라는 겁니까?"

"보통은 동화 한 닢이면 거기에 한 닢 더 해서 팁을 준단 말이에요. 당신은 그런 정도 없군요."

"우리는 선상 용병입니다. 장사치들처럼 통이 크지는 못하지."

순간 네이튼이 슬그머니 동화를 한 닢 건넸다.

"…가지고 가시오."

"이쪽 양반은 그나마 좀 덜 짠돌이네. 고마워요."

용병 출신 네이튼이 듣기엔 심히 듣기 싫은 소리였던 모양이다.

"들으라고 한 소리는 아닐세."

"배려 고맙군."

두 사람은 다시 그녀에게 질문을 이어나갔다.

"그나저나 이곳은 들어오는 물건은 많은데 나가는 물건은 별로 없구려."

"라스리는 귀금속이나 예술품이 많이 나가니까 짐의 부피가 크지 않아요. 그러니 나가는 물건이 별로 없어 보이는 거죠. 하지만 들어오는 물건보다 나가는 물건이 더 비싸면 비싸지, 싸지는 않을걸요."

"으음, 그렇구요."

"떠돌이 용병들이 예술에 관심이 있을지는 몰라도 이곳은 명화가 많아요. 이미 죽은 사람들의 유작은 특히나 비싼 값에 팔리죠. 비싼 물건은 금화 1만 닢에 팔리는 경우도 있어요."

"그, 그렇게나 비싼 작품이 존재한단 말입니까?"

"열강들의 귀족들은 돈이 남아돌다 못해 돈으로 똥을 닦는다고 하죠. 그런 사람들이 돈을 두고 뭘 하겠어요?"

"으음……."

"라스리는 식량이 나지 않기 때문에 식량은 항상 비싼 값이 팔리니까 전쟁에서 약탈한 곡식을 이곳에 팔고 귀금속이나 그림을 사가는 거예요. 그로 인해서 라스리는 부유해졌고, 그와 동시에 타락했지요."

"타락? 내가 보기엔 그냥 평범한 도시 같은데?"

"보이는 것이 전부는 아니죠."

그녀는 손가락을 들어 술집 구석에 처박혀 폐인처럼 쪼그려 앉아 있는 남자를 가리켰다.

"저기 있는 저 남자 보여요?"

"누더기를 입은 남자 말인가요?"

"그래요, 저 남자. 저 남자가 원래는 무슨 일을 하던 사람 같아요?"

"글쎄, 그냥 술에 절어 있는 것 말고는 딱히 생각나는 것이 없군요."

"저 남자는 원래 라스리의 방어 사령관이었어요."

순간, 두 사람은 고개를 갸웃거렸다.

"뭐, 뭐라고요? 뭐가 어째요?"

"방어 사령관이던 사내가 어째서 저기에 저러고 앉아 있는 것이오?"

"저 사람은 군인이에요. 실력이 뛰어나서 지금까지 라스리를 침공한 수많은 외적을 무찔렀지요. 그의 가장 유명한 일화 중에는 50척의 배로 150척의 배를 잡은 것이죠. 그는 뛰어난 무장이었어요. 특히나 도시의 방어나 해상전에선 당할 사람이 없었죠."

"흐음……."

"테르니온 제독, 사람들은 그를 그렇게 불렀어요."

순간, 네이튼은 화들짝 놀라서 되물었다.

"허, 허어! 그 유명한 철벽의 테르니온 제독이 바로……."

"그래요. 그 유명한 테르니온 제독이 지금은 술주정뱅이에 폐인이 되어버렸죠."

"그런 말도 안 되는 일이!"

하진은 그에게 테르니온에 대해 물었다.

"테르니온이라는 사람이 그렇게 유명한가?"

"…설마하니 테르니온을 모른다고 하진 않겠지?"

"사람은 모르는 것이 많아. 심지어는 자기 자신도 잘 모를 때도 있지."

그는 테르니온에 대해 간략하게 설명했다.

"테르니온 제독은 해상전과 영지 방어전에서 한 번도 패배한 적이 없어. 사병 화포수 출신으로 제독까지 오른 그는 화포의 명인이야. 전략적인 전술도 뛰어나지만 사람들은 전략전술보단 화포로 테르니온을 더 많이 기억하고 있지."

"흐음, 그러니까 화포박사라는 소리군."

"명인, 장인, 화포의 예술가, 아무튼 수많은 별칭이 따라붙어."

"그렇군."

두 사람이 테르니온에 대한 얘기를 마칠 때쯤 그녀는 지금 그가 왜 저런 꼴이 되었는지 설명해 주었다.

"그렇게 유명하던 테르니온이 저 꼴이 된 것은 전부 돈 때문이에요."

"돈 때문에 사람이 저렇게 되었다니?"

"라스리는 한때 쇄국정책을 펼친 적이 있었어요. 워낙 해적 떼와 외세의 약탈 시도가 빈번한 나머지 군정이 그 모든 것을 감당할 수 없는 지경에 이른 것이죠. 테르니온 제독은 그 쇄국정책에 적극 찬성하고 영지민의 안전을 최우선 과제로 삼았어요. 그것은 테르니온 제독이 아이온 캐논을 개발하고 난 직후였죠. 그는 라스리의 지형과 지류를 이용하면 아이온 캐논으로 적들을 박살낼 수 있다고 장담했어요. 그리고 그 장담은 현실로 이뤄졌죠."

"그때부터 그의 전설적인 행보가 계속되었던 것이군요."

"그래요. 쇄국정책과 아이온 캐논으로 인해 방어가 수월해지자 도시는 침략과 노략질로부터 안전해졌어요. 하지만 라스리와 거래하던 귀족들은 그렇지가 못했어요. 이곳에서 사치품도 사고, 피랍된 라스리의 노예도 사야 하는데 쇄국정책으로 그렇게 하지 못하게 되었거든요. 그래서 그들은 돈으로 라스리의 공왕과 가신들을 매수했어요."

"흠. 그들을 매수했다면 눈엣가시 같던 테르니온 제독을 가장 먼저 쳐냈겠구려."

"맞아요. 그때 테르니온 제독은 무려 20년간 충성하던 군정에서 버림을 받고 재산을 모두 몰수당했어요. 있지도 않은 횡령과 반역 행위 등으로 엮어서 말이죠."

테르니온의 인생은 충직함으로 인해 탄탄대로를 걷다가 결국 돈의 욕심 때문에 추락하고 만 것이다.

"아무튼 이 도시는 돈에 미쳤어요. 공국의 유일한 자랑인 테르니온 제독을 폐인으로 만들다니 이해할 수가 없죠."

"…정말 타락한 도시로군."

하진은 구석에 앉은 테르니온을 아주 자세히 응시했다.

그러자 그는 시선을 느낀 모양인지 자리에서 일어나 술집을 나섰다.

'안타까운 인재로군.'

그는 테르니온에게 아주 깊은 관심이 동하는 것을 느꼈다.

*　　　*　　　*

조타린 해협을 따라서 동진하던 검은 해골단은 라스리 만에 닿아 있었다.

"저놈들이 정박했습니다. 지금 칠까요?"

"아니다. 기왕이면 보급품으로 가득 찬 배를 터는 것이 빈 배를 빼앗는 것보다는 나을 것 아닌가?"

"역시 두목님의 혜안은 뛰어나십니다!"

"당연한 이치다. 돈 때문에 노략질하는 우리가 이득을 더 보기 위해 참는 것이 이상한 일은 아니지 않나?"

검은 해골단은 저 '밀리'라는 글자를 따라서 4년 동안 판테리아 전역을 뒤졌다.

그들의 눈에는 밀리라는 글자가 '에밀리아'로 보였다.

해풍과 염분에 의해 글자가 지워지긴 했지만 밀리라고 쓰여 있는 저 두 글자는 에밀리아라는 글자에서 앞뒤만 잘린 것이 분명했다.

"…저 배는 원래 우리의 것이다. 그 빌어먹을 제국군만 아니었어도 우리가 이렇게 개고생을 할 필요는 없었을 거야."

"물론입니다. 이제 우리는 다시 해적왕이 되는 겁니다!"

"그래, 우리는 해적왕이다. 우리를 바다에서 이길 수 있는 놈은 과거에도, 지금도, 앞으로도 없을 것이다."

검은 해골단은 퍼플리아 해적단에서 노략질을 배워 분가했다가 제국군에게 피탈당한 에밀리아호를 훔쳐서 서부 해협 해적왕이라는 타이틀을 거머쥐었다.

하지만 자신들이 훔친 사략선을 다시 헤이든 제국군에게 빼앗겨 해적왕에서 내려오게 되었던 것이다.

그렇기 때문에 그들은 이번 노략질에 목숨을 걸었다.

"죽을 때까지 싸운다."

"…쉽지 않은 전투가 되겠군요."

"저놈들이 어떤 놈들인가에 따라 다르겠지. 비실비실한 멸치들만 있기를 바라자고."

검은 해골단은 에밀리아호가 밖으로 나올 때까지 기다리기로 했다.

*　　　*　　　*

한여름 장대비가 쏟아지는 유피란츠 왕국령 수도에 무려 20만에 달하는 병사들이 운집해 있다.

솨아아아아아!

아케인 왕국군 총사령관 라이오니슨 왕세자는 어깨에 왕가의 보물인 '아케틱 소드'를 턱하니 올려놓은 채 발아래를 내려다보고 있었다.

그는 자신의 앞에 무릎을 꿇은 유피란츠를 바라보며 물었다.

"어떻게 죽고 싶은가? 네가 원한다면 깔끔하게 죽여줄 수도 있다."

"……"

겨우 나흘 만에 수도를 함락당한 유피란츠는 극심한 스트레스로 인해 머리가 다 빠지고 눈알이 붉게 충혈되어 있었다.

아무래도 스트레스와 과로로 인해 울화통이 터져 버린 모양이다.

척!

그는 아케틱 소드를 두 손으로 들고 다시 물었다.

"어떻게 죽고 싶으냐고 물었다."

"…살려주십시오."

"살려 달라?"

"만약 제 식솔과 가신들을 살려주신다면 그에 합당한 사례를 하겠습니다."

"하하, 웃기는 놈이군. 지금 나에게 목숨을 구걸하는 것이냐? 그것도 돈으로 나를 매수하겠다는 생각인 모양인데?"

"목숨 값으로 황금을 지불하고 싶다는 것뿐입니다. 오해는 말아주십시오."

라이오니슨은 실소를 흘렸다.

"훗, 미친놈이군. 이런 놈이 국왕이 될 정도라면 이 나라는 애초에 망하는 편이 낫겠어. 그 언젠가 정신머리가 똑바로 박힌 놈들이 나라를 세우겠다고 세력을 일으킨다면 그나마 희망은 생기겠지."

그는 거침없이 유피란츠의 머리를 쳐냈다.

푸하아아악!

유피란츠의 잘린 목에서 피가 분수처럼 튀어 올라 라이오니슨의 온몸을 붉게 물들였다.

하지만 그는 자신의 몸보다 검을 먼저 닦아냈다.

슥슥.

"이런 더러운 피를 가보에 묻히다니, 내 정신도 어떻게 된 모양이군."

라이오니슨은 이제 그다음 차례로 유피란츠의 아들에게 검을 겨누었다.

"자, 그럼 그 아비의 아들 차례인가?"

"…사, 살려주십시오!"

"네놈은 또 무슨 헛소리를 지껄일 생각이냐? 한번 들어나 보자꾸나."

유피란츠의 장자 에네스는 땅에 머리를 쿵쿵 찧으며 말했다.

"저를 살려만 주신다면 패왕의 인장이 어디로 향했는지 알려드리겠습니다!"

"……!"

순간, 라이오니슨이 손을 뻗어 그의 턱을 잡아챘다.

턱!

"크, 크헉!"

"…지금 뭐라고 했느냐? 뭐가 어디에 있다고?"

"패왕의 인장이 떨어진 곳을 알고 있습니다! 그곳에서 사라진 이들의 행방도 알고 있고요!"

그제야 라이오니슨이 검을 거두었다.

철컥!

"후후, 이놈들이 아주 쓸모가 없지는 않구나. 여봐라, 남은 이들을 수도로 끌고 가라."

"제, 제 가족을 살려주시는 겁니까?"

"만약 네가 패왕의 인장을 찾게 된다면 네 가족과 가신들은 살아남을 수 있다. 하지만 그렇지 않다면 네가 직접 네 가족의 목을 쳐야 할 것이다."

"……."

"왜, 싫은 것이냐?"

"아, 아닙니다! 최선을 다해 놈들을 찾아내겠습니다!"

"당연한 소리."

라이오니슨의 얼굴에 아주 오랜만에 진심 어린 미소가 맺히는 것 같았다.

제2장
편견에 맞서다

이른 아침, 하진은 여관 술집으로 향했다.

와글와글!

아주 이른 시간임에도 불구하고 여관 술집에는 사람들로 북적이고 있었다.

그는 술집 구석에 처박혀 앉아 있는 테르니온에게 다가갔다.

"……."

테르니온은 하진을 물끄러미 바라보더니 손을 스윽 내밀었다.

아무런 말도 하지 않고 있었지만 하진은 그것이 동냥질하는 사람들이 하는 행동임을 잘 알고 있었다.

하진은 그에게 금화 한 닢을 건넸다.

"저와 얘기 좀 하시죠."

"…뭔가? 자네, 돈이 남아도는가?"

"아니요."

"그럼 무엇 하러 나 같은 떠돌이 거지에게 금화를 건네는 건가?"

"일종의 투자라고 해두지요."

"후후, 미치지 않고서야 나에게 투자를 할 리가 없어. 무슨 목적 때문에 나를 찾아온 것인가? 자네도 내 양물이 보고 싶은 건가?"

하진은 고개를 갸웃거렸다.

"그게 무슨 소리인가?"

"때때로 나의 양물이 보고 싶어 찾아오는 귀족들이 있네."

"…악취미군요."

"사내들은 누구든 정복욕이 있어. 그들은 나에게서 군대를 빼앗고 그것의 전리품으로 내 양물을 원한 것이지."

열강의 귀족들이 자꾸 남의 영토를 침범하는 것은 그들의 욕심 때문이기도 하지만 사내들의 소유욕 때문이기도 하다.

세상에서 가장 좋은 것을 보면 탐이 나고, 그것을 얻고 나면 성취감과 함께 정복 욕구가 채워지는 것이다.

하지만 가장 큰 문제는 그 정복에 대한 욕구가 하루아침에 채워지지 않을뿐더러 욕심은 끝이 없다는 점이다.

그는 하진에게 다시 금화를 돌려주었다.

"받게. 나는 자네와 할 말이 없어."

"잠깐이면 됩니다. 만약 얘기가 듣고 싶지 않다면 술이나 한잔하시지요."

"술이라……."

테르니온은 술이라는 소리에 슬그머니 몸을 일으켰다.

"좋아, 이런 비렁뱅이에게 술을 다 사준다니 기뻐하지 않을 수 없군."

"일어나시지요. 이곳은 너무 시끄럽습니다."

"좋은 곳을 알고 있나?"

"물론이지요. 아마도 그곳을 아주 마음에 들어 하실 겁니다."

"좋네, 함께 가세나."

"예."

상처투성이의 그를 데리고 술집을 나온 하진은 그길로 선박이 길게 늘어서 있는 항구로 향했다.

항구는 상선을 비롯하여 각종 전함이 정갈하게 정박해 있었는데, 하진은 그중에서도 자신이 타고 온 밀리호 앞에 멈추어 섰다.

"이곳입니다."

"…상선에서 술을 마시자는 건가?"

"필요한 것은 다 있습니다. 다만 저와 진득하게 술을 마셔줄 진짜 마도로스가 필요할 뿐이지요."

"배라……. 오랜만이군."

"오르시지요. 제가 한잔 올리겠습니다."

"그래, 오랜만에 배에서 한잔 걸치는 것도 나쁘지는 않겠군."

하진은 그를 데리고 갑판으로 향했다.

*   *   *

갑판에 브랜디와 마른 육포를 깔아놓은 하진은 테르니온과 마주 앉아 차근차근 얘기를 풀어나갔다.

"…그러니까, 자네의 말에 따르자면 이 배는 역도들이 모는 배라는 소리군."

"몰락한 왕국의 피란민이긴 하지만 역도는 아닙니다."

"일이야 어찌 되었건 간에 제후국의 도리를 다하지 않은 것은 맞지 않나?"

"그건 그렇지요."

테르니온은 실소를 흘렸다.

"후후, 자네, 미쳤군. 처음 보는 나에게 이런 엄청난 얘기를 해주는 저의가 무엇인가?"

"당신은 책임감을 저버릴 사람이 아니라서요."

"…무슨 근거로?"

"만약 당신께서 제독으로서의 책임감이 없었다면 역적이 되면서까지 나라를 지켰겠습니까?"

"……."

"이 나라는 이미 썩었습니다. 골수까지 썩어 손을 쓸 방도가 없지요. 제독께선 그것을 아시고 쇄국정책을 펼치고 외적들을 쳐낸 겁니다. 어지간한 사명감이 없이는 그런 일을 해낼 수 없습니다."

테르니온은 하진이 자신에게 고육지책을 썼다는 것을 절감했다.

"그러니까, 자네의 말대로라면 내가 이 사실을 관군에게 알리지 않을 것이라는 소리군."

"천 명에 가까운 사람을 옥살이시킬 분은 아니니까요."

"후후, 나를 너무 과대평가하는 것 아닌가?"

"그렇지 않습니다."

"만약 내가 변절해서 자네를 배신하게 되면 어쩔 생각인가? 전투라도 벌일 것인가?"

"저는 제 사람들을 위험에 빠뜨리지 않을 겁니다."

"그렇다면 자네의 말은 앞뒤가 맞지 않는군. 나에게 이런 소리를 한 것부터가 책임감 있는 행동이 아니야."

"그래요, 맞습니다. 도박이지요. 하지만 제독은 그럴 만한 가치가 있는 사람이라고 판단했습니다."

"…나의 어떤 면을 보고?"

"남자다움이랄까요?"

"하하, 하하하! 남자다움이라! 듣기 좋은 말이군!"

"그랬다면 다행이고요."

그는 하진의 제안을 순순히 받아들이기로 했다.

"좋아, 이런 거리 생활보다는 원래 있던 바다로 돌아가는 것이 나에게 좋을 수도 있겠군. 가세, 자네를 따르겠네."

"저, 정말이십니까?"

"그러나 큰 기대를 갖지 말게. 나는 이제 군인이 아닐세. 그냥 술이나 퍼마시는 거지일 뿐이야."

"큰 기대는 하지 않습니다. 그냥 함께 가 주시기만 해주십시오."

"후후, 좋네. 원한다면 선상 거지 생활을 해줄 수 있네."

"고맙습니다."

"하지만 한 가지 조건이 있어."

"말씀하시지요."

"내가 무슨 일을 하던 자네는 나를 쫓아낼 수 없어. 할 수 있겠나?"

"무조건적인 믿음… 을 말씀하시는 겁니까?"

"그렇다고 해두지."

하진이 중간에 잠깐 말을 흐린 것은 그의 의도가 정확하게 무엇인지 파악을 할 수 없었기 때문이다.

하지만 이 또한 하진이 선택한 길이다.

"좋습니다. 그 약속, 꼭 지키겠습니다."

"그래, 그렇다면 나도 자네를 한번 믿어보도록 하지."

두 사람은 악수를 나누었다.

*   *   *

출항 준비가 한창인 갑판 위, 병사들이 바쁘게 움직이고 있다.

"닻을 올려라! 이제 곧 바다로 나갈 것이다!"

"예!"

결국 항해사를 구하지 못한 채 길을 떠나기로 한 밀리호는 다음 도시에서 다시 재야인사를 등용하기로 했다.

그들은 여전히 불안한 항해를 거듭해야 한다는 압박감으로 신경이 날카로워진 상태였다.

그런 가운데 떡하니 자리를 잡고 앉은 테르니온이 술병을 들고 잔소리를 해댄다.

"이 새끼들! 그렇게 움직여서 무슨 출항을 하겠나! 때려치 워! 너희들은 쓰레기다!"

"…아니, 저 양반이?"

병사들은 아까부터 삿대질에 욕설까지 퍼붓는 테르니온이 마뜩잖아 죽겠다는 눈치였다.

그런 병사들을 애써 다독이는 병사장들의 표정도 썩 좋지 는 못했다.

"참아라. 대장님께서 데리고 온 사람이다."

"하지만 병사장님도 저 사람이 마음에 드는 것은 아니지 않 습니까?"

"……."

"저런 거지를 배에 들인 것부터가 잘못입니다. 대장님께 건 의해서 내쫓으면 안 되겠습니까?"

"대장님께서 아무 생각 없이 저런 사람을 마구 들이시진 않 았을 거다. 조금만 더 참고 기다려 봐."

"그래도 이건 좀…….."

"푸하하하! 너희들의 꼬락서니 좀 봐라! 그게 패잔병의 모습 이지 빠릿빠릿한 선원의 모습이냐? 에잇, 그냥 접시 물에 코 박고 죽어버려라!"

테르니온은 거의 실성한 사람처럼 병사들을 욕하고 삿대질하고 있었지만 하진은 그 모습을 묵묵히 지켜보기만 했다.

해리슨은 하진에게 그의 방출에 대해 아주 조심스럽게 건의했다.

"대장님, 제가 바다는 잘 모릅니다만 군에 저런 미친 사람이 있는 것은 참으로 큰 위협이라는 것쯤은 잘 압니다."

"자네가 보기에는 저 사람이 그저 술에 빠져 허우적거리는 놈팡이로 보이나?"

"⋯예."

"그렇다면 저런 주정뱅이를 데리고 온 내가 원망스럽겠군."

"아직까지 원망스럽지는 않습니다. 이 또한 대장님의 선택이니까요. 하지만 선상에서 저런 미치광이를 데리고 있다간 병사들이 엄청난 스트레스를 받을 겁니다. 부디 현명한 선택을 하셨으면 좋겠군요."

"그래, 고마워. 언젠가는 자네의 그 믿음에 보답하는 날이 분명히 올 걸세."

"보답은 필요 없습니다. 저희들을 잘 이끌어주시기만 한다면 그만입니다."

하진은 어제부터 계속 술만 퍼마시고 있는 테르니온을 예의 주시하고 있었다.

그는 지나치다 싶을 정도로 병사들에게 폭언과 욕설을 퍼붓고 있었다. 하지만 하진은 저 모습이 전부가 아니라고 믿고 있었다.

'만약 그냥 생각 없는 주정뱅이라면 내 업보이니 내가 끝까지 책임을 져야겠지.'

하진은 자신의 행동으로 인해 벌어질 일들에 대한 책임을 스스로 지겠다고 굳게 다짐하고 그를 데리고 온 것이다.

아마도 테르니온이 끝까지 정신을 못 차린다면 이대로 비렁뱅이 모습을 계속 지켜봐야 할지도 모른다.

하지만 그 또한 자신의 몫이라고 생각하는 하진이다.

출항 5분 전, 세관에 신고까지 마친 하진은 이제 배의 닻을 올리기로 했다.

"닻을 올려라!"

"예, 대장님!"

하지만 바로 그때, 저 멀리서 한 여자가 부리나케 달려오고 있다.

"이봐요! 세워요! 잠시만요!"

"뭐지?"

"세우라고요!"

헐레벌떡 달려오는 그녀 때문에 다시 닻을 내린 하진은 선상 사다리를 펼쳐 그녀를 승선하도록 했다.

"무슨 일입니까?"

"거참, 사람들 성질이 왜 그렇게 급해요?"

"네?"

잠시 후, 갑판 한구석에서 술을 퍼마시고 있던 테르니온이 하진을 옆으로 제쳐 둔 채 그녀를 맞이했다.

"오오, 어서 와! 왜 이렇게 늦었어?"

"…어제 밤까지 손님을 받느라 잠을 못 잤단 말이에요. 하여간 라스리 남자들은 정력이 너무 좋아서 탈이라니까."

"하긴, 자네 같은 황금 아랫도리를 가진 여자가 어디 흔하겠어?"

"호호호! 그건 맞는 말이네요!"

병사들은 그녀를 바라보며 고개를 갸웃거렸다.

"…그 여자는 누굽니까?"

"내가 누군지 궁금해요?"

그녀는 병사들의 의문에 아주 간단하고 명료하게 대답해 주었다.

"나는 돈을 받고 아랫도리를 팔아요. 단, 정신과 내 몸은 팔지 않죠."

"…창부라는 소리군."

"예, 맞아요."

"차, 창부?"

이 사건을 두고 병사장들은 혀를 내둘렀다.

"어, 어떻게 배에 창부를 끌어들입니까! 그리고 창부를 끌어들일 만한 돈은 또 어디서 났고요!"

"젊은 대장님이 나중에 지불해 줄 것이라고 하던데요? 안 그래요, 테르니온?"

순간, 하진의 얼굴이 살짝 굳었다.

"…지불이요?"

"하하, 이 배도 언젠가는 한몫 단단히 잡을 것 아닌가? 그렇다면 창부 하나 사줄 돈은 넉넉할 테지. 안 그런가?"

병사들의 눈초리가 썩 달갑지가 않다.

"…대장님?"

"흐음……."

저 매혹적인 창부가 과연 어떻게 이곳까지 따라온 것인지는 몰라도 이제 와서 약속을 깰 수는 없는 하진이다.

"좋습니다. 제가 돈을 대지요."

"대, 대장님!"

"제 손님이니 제가 책임을 져야지요."

"하하하, 역시 화끈한 젊은이군! 복 받을 거야!"

"호호호, 대장님, 나중에 서비스 받고 싶으면 찾아와요!"

병사들은 하진을 이해할 수 없다는 듯이 바라보았지만 네이튼은 달랐다.

"…뭔가 생각이 있는 것이겠지."

"생각이라뇨! 저건 미친 짓입니다!"

"일단 지켜보거라. 대장님도 생각이 있으셔서 한 행동이실 거다."

"……."

하진 덕분에 배에 오른 두 사람은 농도 짙은 애정행각을 벌이며 선실로 향했다.

*   *   *

밀리호는 이틀 전 라스리를 떠나 동부 해협을 따라 항해하고 있었다.

솨아아아!

이제 막 이틀밖에 안 지났지만 병사들은 벌써부터 불만이 가득했다.

"딸꾹! 한잔 받아!"

"호호, 알겠어요!"

빈털터리 비렁뱅이 테르니온에게는 여전히 창부 엠블라가 붙어 있었다.

사람들은 테르니온보다 이 여자를 더 싫어하고 거의 경멸에 가까운 시선으로 바라보고 있었다.

테르니온과 거의 쌍벽을 이룰 정도로 주정이 심하고 입버릇이 좋지 않은 그녀는 병사들은 물론이고 주민들에게도 행패를 부렸다.

갑판 위에서 술을 마시고 있던 창부 엠블라는 걸핏하면 지나가는 주민들에게 시비를 걸었다.

그런 그녀를 좋아할 사람은 아마 아무도 없을 것이다.

끼익.

선실 창고의 문을 열고 나온 한 여자에게 그녀가 다짜고짜 시비를 걸었다.

"이봐요, 거기·못생긴 아줌마!"

"저, 저요?"

"여길 밟고 지나가려면 돈을 내요."

"…그게 무슨 소리예요?"

"내가 앉은 반경 100미터는 다 내 땅이라고요."

"처음 내가 배에 탈 때 테르니온이 그랬다고요. 내가 앉은 반경 100미터를 모두 다 내 것으로 만들어주겠다고."

"이 배는 우리 주민이 공동으로 사용하는 공간이에요. 당신들이 소유권을 주장할 수 없다고요."

"그거야 당신 생각이고, 이 도둑년아!"

그녀는 멀쩡히 지나가던 여자의 따귀를 후려갈겼다.

짜악!

"꺄악!"

"찰지구나! 한 대 더 맞을래요? 호호호호!"

"이 여자가 왜 이래! 병사님! 여기 이 여자 좀 보세요! 다짜고짜 잘못도 없는 저를 때렸다고요!"

병사들은 잔뜩 상기된 표정으로 테르니온을 불렀다.

"…이봐요, 아저씨. 도대체 왜 이렇게 자꾸 사람들의 성질을 긁는 겁니까? 대장님이 빽을 써주니 눈에 뵈는 것이 없는 모양이죠?"

"딸꾹! 그냥 지나가다 시비가 붙은 모양인데, 뭘 그렇게 날카롭게 굴어? 그러지 말고, 자네도 한잔하게나!"

"됐으니까 혼자 많이 드시죠."

잠시 후, 선실을 순찰하던 하진이 이 상황을 목격했다.

"무슨 일인가?"

"흑흑, 대장님! 저 여자가 저를 다짜고짜 때렸어요!"

"네? 그게 무슨 말입니까? 당신을 다짜고짜 때렸다니?"

"말 그대로 아무런 잘못도 없는데 나를 때렸다고요! 세상천지에 이렇게 황당한 사건이 다 있어요!"

하진은 테르니온을 바라보았다.

"사실입니까?"

"뭐, 틀린 말은 아니지. 시비가 붙어서 따귀를 때린 것은 분명한 사실이니까."

"......."

"하지만 시비는 저 두 사람이 붙은 것이니 내 잘못은 아니지 않나?"

"그건 그렇지요."

"만약 그게 불만이라면 두 사람을 주민 법정에 세우든지."

하진은 고개를 가로저었다.

"됐습니다. 단순 시비에 법정까지 세우는 것은 불합리한 일 아닙니까?"

그의 판단에 병사들과 여자는 노발대발 화를 냈다.

"그래요! 재판을 열자구요! 저 미친년을 심판해야 한다고요!"

"맞습니다! 재판을 열어주십시오!"

술에 절어 있는 그녀는 자신이 때린 여자를 가리키며 말했다.

"좋아, 재판을 받겠어요. 하지만 저 여자가 도둑년인 것은 맞아요."

"…뭐요?"

"거기 그 가슴에 있는 것, 그거 한번 꺼내봐요."

"무, 무슨 말이 하고 싶은 건데요?"

"당신이 선창에서 군수물자 훔치는 것을 내가 모를 것 같아?"

순간, 병사들이 화들짝 놀라 그녀를 바라보았다.

"…사실입니까?"

"그, 그건……."

"저번에는 선창에서 훔친 동화와 은화를 선실 바닥에 숨겨 놓더군."

"……."

"어때, 내 말이 틀려?"

하진은 소란스러운 광경 때문에 밖으로 나온 엘린에게 그녀의 수색을 부탁했다.

"엘린, 저 여자를 좀 수색해 줄 수 있겠어요?"

"알겠어요."

그녀가 여인의 몸을 수색하자 동화 주머니 하나가 바닥으로 떨어져 내렸다.

턱!

"허, 허억!"

"…이 도둑년. 맞을 년이 맞았는데 왜 난리인지 알 수가 없네, 정말."

"죄송합니다! 저는 그냥… 앞으로 먹고살 길이 막막해서 그랬어요! 믿어주세요!"

병사들은 그녀를 처단해야 한다면서도 엠블라를 이곳에 둘 수 없다고 말한다.

"저 여자가 분명 잘못한 것은 맞습니다. 하지만 창부의 행실도 가히 옳지는 않습니다. 허구한 날 술주정에 욕지거리나 찍찍 내뱉는데 누가 그녀를 좋아하겠습니까?"

"하지만 그녀가 명백히 잘못한 것은 없지 않나?"

"대장님이 저 여자를 감싸주시니 일이 자꾸 커지는 겁니다! 저 여자는 속물에 창부라고요! 배에서 끌어내려야 합니다!"

테르니온은 가만히 하진을 바라보고 있다.

그는 병사들의 불만이 폭주하는 것을 한마디로 억눌렀다.

"이 세상 누구도 허물이 없는 사람은 없다. 그녀 역시 술버릇이 좀 나쁘긴 하지만 이 배에서 딱히 범죄를 저지른 적은 없다. 심지어 도둑까지 잡아주었지. 그런데도 처벌을 원하는 이유가 뭔가?"

"그, 그거야······."

"행실 하나로 사람을 판단하다니, 자네들에게 실망일세."

"······."

"아무튼 이번 일은 없던 것으로 하겠네. 훔친 돈은 다시 회수하여 선창에 가져다 놓도록."

"···예, 대장님."

"다만 그녀의 따귀를 때린 것은 잘못한 일이니 내일까지 선창 청소를 해주시죠, 엠블라."

"후후, 당신이 원한다면야. 선창이 아니고 다른 곳도 청소해

줄 수 있는데……."

"됐으니 청소나 열심히 하시면 됩니다."

하진은 이렇게 일을 마무리 지었지만 병사와 병사장들의 표정은 썩 좋지가 못했다.

*　　*　　*

늦은 밤, 세실리아는 여전히 아이와 씨름 중이었다.

"으앙, 으아아앙!"

"왜 이렇게 우는 거지? 오늘따라 더 많이 우는 것 같은데……."

세실리아는 얼마 전 우연히 시녀 대신 들어온 노파에게 엄청나게 많은 지식을 전수 받았다.

첫 번째로는 아이가 젖을 잘 먹지 않는다고 해서 양껏 먹이지 않으면 잠을 푹 잘 수 없다는 것이고, 두 번째는 자고 일어났을 때 무릎을 주물러 주면 좋아한다는 것이다.

그 밖에도 몇 가지 육아 노하우를 들은 그녀는 조금 더 수월하게 아이를 돌볼 수 있게 되었다.

30분마다 한 번씩 깨서 보채던 아이는 이제 세 시간에 한 번씩 일어나 수유를 했다.

그로 인해 그녀는 세 시간은 푹 잘 수 있게 되었고, 훨씬 더 부드럽게 육아를 할 수 있게 되었다.

그런데 오늘은 어쩐지 아이가 우유를 먹고 나서도 울음을 그치지 않고 있었다.

"아앙, 아아아앙!"

"아가야, 왜 이러니?"

세실리아는 설마 아이가 아프기라도 한 것은 아닌지, 혹은 뭔가 자신이 잘못한 것은 아닌가 싶어 가슴이 조마조마했다.

하지만 하진이 문을 잠가 두었기 때문에 밖으로 나갈 수도 없고, 그녀는 속이 다 타들어 가는 것만 같았다.

"어, 어쩌지?"

"으앙, 으아아아앙!

점점 더 거칠어지는 아이의 울음소리에 그녀는 더 이상 시간을 지체할 수 없다고 생각했다.

"…어쩔 수 없어!"

그녀는 노파가 누고 간 포대기를 이용해서 아이를 들쳐 업었다. 그리곤 있는 힘껏 선실 문을 발로 차버렸다.

쿠웅!

하지만 문은 굳게 닫혀서 열릴 생각을 하지 않았고, 그녀는 더욱 거칠게 선실 문을 찼다.

쿵쿵쿵!

여전히 열리지 않는 문, 그녀는 아이를 들쳐 업은 채 문을 향해 돌진했다.

"아가야, 내가 지켜줄게!"

그녀의 가녀린 몸이 문에 부딪쳤다.

쿠웅!

"크윽!"

뼈가 저려서 몸을 가눌 수 없었지만 그녀는 포기하지 않고 선실 문을 다시 들이받았다.

콰앙!

그녀의 작은 몸이 문을 뚫고 밖으로 튕겨 나왔다.

"하아, 하아!"

온몸이 땀으로 범벅이 되어 있고 오른팔은 축 늘어져 대롱대롱 매달려 있다.

아마도 어깨가 탈구되었거나 뼈가 부러진 것 같았지만 그녀는 지금 아무런 고통도 느낄 수 없었다.

"도와주세요! 여기, 아이가 아파요! 좀 도와주세요!"

목 놓아 도움을 부르짖는 그에게 병사들이 달려왔다.

"고, 공주마마?"

"…살려주세요! 아이가 많이 아파요!"

"아이가 아프다고요? 어디가……."

"몰라요! 아이가 아파요! 경험이 많은 보모나 산파를 불러주세요! 제발요!"

그녀는 급기야 다급한 마음에 눈물까지 쏟아냈다.

"흑흑, 산파를 데려와 주세요!"

"아, 알겠습니다! 잠시만 기다려 주세요!"

늦은 밤에 문을 뚫고 나온 그녀의 울부짖음에 병사들이 산파를 찾아 흩어졌고, 그녀는 계속해서 눈물만 흘리고 있었다.

그런 그에게 술에 잔뜩 취한 테르니온이 다가왔다.

"딸꾹딸꾹! 어이, 아가씨! 늦은 밤에 왜 그렇게 혼자 울고 있어? 혹시 외로워서 그런가?"

"…누구세요?"

"크흐흐, 지나가는 행인이지 누구긴 누구야?"

아무리 봐도 행색이 지저분한 그에게 호감이 갈 리가 없는 세실리아였다.

"…저리 가세요. 아이에게 안 좋아요."

"어디가 안 좋아? 우리 때엔 다 이러고 컸다고."

점점 더 다가오는 테르니온. 바로 그때였다.

"으, 으아아아아앙!"

"…아이?"

"아이가 아파요, 그러니 제발 저리 가세요."

테르니온은 가만히 아이를 바라보았다.

"몇 개월이나 되었지?"

"이제 88일쯤 되었어요."

"그럼 3개월쯤 된 것이군."

"정확하진 않지만 아마도 그럴 겁니다."

그는 세실리아가 들쳐 업고 있는 아이에게 손을 뻗었다.

"나에게 좀 줘봐."

"네, 네? 당신 미쳤어요? 술에 취해서 아이를……."

"내가 고칠 수 있어."

"저, 정말요?"

"그래. 한번 믿어봐."

테르니온은 주변을 둘러보더니 깨끗한 물이 담긴 양동이를 찾았다.

첨벙첨벙!

깔끔하게 손을 닦은 그는 그녀에게 말했다.

"아니, 안 되겠어. 일단 아이는 자네가 들고 있게."

"……"

이전보다 훨씬 더 부드러워진 그의 음색에 자신도 모르게 아이를 맡기게 된 세실리아였다.

그녀가 아이를 똑바로 들자 테르니온은 아이의 얼굴과 안색을 살피더니 이내 등을 살살 쓸어내렸다.

그러자 아이가 거칠게 트림을 했다.

"끄어어어억!"

"고 녀석, 소화가 잘 안 되어서 자꾸 보챘던 모양이군."

"소, 소화가 안 된다고요?"

"그래. 소화가 잘 안 되니까 저렇게 보채지."

아이는 트림을 한 차례 길게 내뱉고 난 후엔 조금 편안해진 안색이었다.

테르니온은 곧이어 그녀에게 아이의 배를 보이도록 했다.

"배를 보여주게. 아무래도 아랫배를 좀 주물러 줘야겠어."

"배를 주무른다고요?"

"이맘때의 아이들은 가스가 차서 속이 거북해 우는 경우가 종종 있거든. 혹시 젖을 먹다가 토하지는 않던가?"

"마, 맞아요!"

"그래, 딱 이맘때야. 아이들의 아랫배에 가스가 꽉 차서 울음을 그치지 않을 때가 말이야."

"아아……."

그는 아이의 배를 시계방향으로 살며시 문지르기 시작했다.

슥슥.

그러자 놀라운 일이 벌어졌다.

뿌우우웅, 부우욱!

"어, 어어?"

"아이에게 젖을 먹이고 트림을 안 시킨 적이 있나?"

"가, 가끔 우유를 먹고 트림을 하지 않을 때가 종종 있어서요."

"모유가 아니라 소의 젖을 먹인 건가?"

"…제가 친모는 아니라서요. 처녀 가슴에서 모유가 나올 리가 없잖아요?"

"으음, 그건 그렇지. 아무튼 우유를 먹인 후에 트림을 시키지 않으면 분명 탈이 날 걸세."

"그렇군요."

이제 아이가 한껏 편안해져 세실리아를 바라보며 미소를 지었다.

"꺄르르르!"

"이제야 웃는구나."

"…이렇게 환하게 웃은 적은 처음이에요."

"아이는 편하게 해주면 웃어. 불편하면 울지만, 좋으면 자꾸 웃는다고. 웃으면 자네에게나 아이에게나 다 좋으니 자주 웃게 해주라고."

"네……."

테르니온이 계속해서 아이의 배를 문지르고 있는데, 저 멀리 병사들이 달려와 소리쳤다.

"이봐요! 아이에게서 떨어져요!"

"…당장 손을 떼지 않으면 활을 쏠 겁니다!"

병사들이 윽박을 지르자 테르니온은 손을 떼어 양팔을 위로 올렸다.

"알겠네."

"무릎을 꿇어요! 손 머리 위로 올리고 무릎을 꿇어요!"

"…그렇게 하지."

무릎을 꿇은 테르니온에게 세실리아가 소리쳤다.

"아, 아저씨! 가, 갑자기 왜 이러는 건가요?"

"가만히 계십시오. 위험한 작자입니다. 잘못하면 아이를 해칠 수도 있다고요!"

"자, 잠깐만요! 이분은……!"

"아무튼 물러나 계십시오."

상황이 점점 더 악화되는 것 같았지만 지금 세실리아는 정상이 아닌 사람으로 낙인이 찍혀 있었다.

그런 그녀에게 발언권이 있을 리가 만무했다.

잠시 후, 하진이 병사장들을 대동한 채 이곳을 찾았다.

"무슨 일인가?"

"이 주정뱅이가 아이를 만지고 있었습니다!"

"…뭐라?"

테르니온에게 하진의 시선이 머물렀다.

"이들의 말이 맞습니까?"

"맞네. 내가 아이를 만졌네."

"그렇다면……."

"이자를 배에서 쫓아내야 합니다!"

"맞습니다!"

하진이 무슨 말을 하기도 전에 병사들은 그를 끌어내리기 위해 혈안이 되어버렸다.

바로 그때 세실리아가 버럭 소리쳤다.

"…물러나세요!"

"마, 마마?"

"이 아이를 구해준 은인입니다! 은인에게 지금 뭐 하는 겁니까!"

"그, 그건……."

"내가 아무리 망국의 공주라고 해도 나의 은인에게 이런 취급을 하는 꼴은 도저히 못 보겠습니다."

그녀는 테르니온을 자리에서 일으켜 세웠다.

"아저씨, 자리에서 일어서세요."

"나는……."

"저와 제 아이의 은인이니 아저씨는 이 배의 손님이십니다. 와이너스?"

"예, 공주님."

"이분은 우리 배의 손님이십니다. 새 옷을 드리고 씻을 물을 좀 마련해 주세요."

"네, 알겠습니다."

테르니온은 와이너스와 함께 새면실로 향했고, 세실리아는 하진을 불러냈다.

"가우스트 경."

"예, 마마."

"저와 잠시 얘기 좀 하시죠."

"잘 알겠습니다."

병사들은 이게 도대체 무슨 일인가 싶었지만 와이너스와 하진의 얼굴에는 미소가 만연해 있었다.

*   *   *

항구도시 나할린에 아케인 왕국군 병사 5천이 내려와 있다.

그들은 지나가는 사람들을 모두 다 붙잡고 수색하고 검문했으며, 만약 아나스타스 남작령에서 왔다는 소리가 들리면 즉시 잡아들였다.

유피란츠의 아들 에네스는 피가 마르는 심정으로 나할린의 거리를 바라보았다.

"…이놈들, 도대체 어디로 간 것이냐?"

"저하, 이제 자리를 옮겨 다음 도시로 이동하시지요."

"그래야지. 하지만 도대체 어디로 이동한단 말인가?"

에네스는 일주일째 이곳을 수색하고 있었지만 아나스타스 남작령에서 홀연히 사라졌다는 기사와 공격대장을 찾아낼 수가 없었다.

마지막으로 아나스타스 남작령이 불타던 날, 그곳을 점령한 군대와 후방 추격조는 패왕의 인장을 찾기 위해 남아 있는 모든 사람을 죽였다.

하지만 패왕의 인장은 찾을 수 없었고, 결국엔 피란을 가는 행렬까지 잡아 살육전을 벌였다.

그때 그들을 살려준 이들이 바로 의문의 기사였고, 패잔병들은 그들로 인하여 마지막 남은 생존자들을 놓쳤다고 말했다.

그러니까 그가 생각하기엔 그 의문의 기사가 패왕의 인장을 가지고 있음이 분명했다.

에네스는 그를 찾기 위해 이곳 나할린 강 유역까지 내려왔지만 이렇다 할 성과는 거둘 수 없었다.

하지만 바로 그때, 그의 머리에 구원의 빛이 내려오는 소리가 들렸다.

"저하! 찾았습니다!"

"뭐, 뭐라?"

"800명이 넘는 피란민이 배를 타고 나할린을 빠져나가는 것을 보았다는 거지가 있습니다!"

에네스의 앞에 머리를 숙인 부랑자는 누런 이를 드러내며 웃었다.

"헤헤, 나리께서 저를 보자셨습니까요?"

"그, 그래. 네가 얼마 전에 피란 행렬을 보았다고?"

"예, 나리. 저는 선창과 선창을 오가면서 동냥질을 하는데, 그때는 선상 창고 구석에서 도둑잠을 자고 있었더랬지요. 그런데 꽤 많은 피란민이 배를 타고 떠날 준비를 하는 것을 보았습니다요."

"…지금 그들은 어디로 향했느냐?"

"그것까진 잘 모릅니다만, 그들이 탄 배가……."

부랑자는 말을 잘 이어나가다가 목에 사래가 들려 자꾸 기침을 해댔다.

"콜록콜록! 아이고, 목이야! 말을 잘 못하겠네."

에네스는 그에게 금화 한 닢을 튕겼다.

팅!

"받아라! 사례금이다."

"가, 감사합니다요!"

그는 바닥에 서투른 솜씨로 글귀와 비슷한 그림을 그려나갔다.

슥슥슥.

"밀리?"

"예, 나리. 이런 글씨가 쓰여 있었습니다. 소인, 글자는 잘 몰라도 그것이 어떻게 생겼는지 똑똑히 기억하고 있습니다."

에네스는 부관에게 항구의 출입대장을 가지고 오도록 지시했다. 그리고 그 안에서 밀리라는 단어를 찾아보았다.

그는 대략 보름 전에 이곳을 떠난 배 중에 밀리호라는 상선이 있음을 알아냈다.

"…찾았다!"

"헤헤, 도움이 되었습니까요?"

"그래, 고맙다."

스릉!

에네스는 즉시 부랑자의 목을 쳐버렸다.

퍼억!

패왕의 인장은 앞으로 그가 가족들을 구하기 위해 마지막까지 가지고 있어야 할 소중한 물건이다.

그런 물건에 대한 단서를 하나라도 가지고 있는 자는 당연히 살인멸구를 해야 했다.

"여봐라, 라스리로 배를 띄워라!"

"예, 저하!"

에네스는 이제야 자신의 머리에 한줄기 빛이 내려오는 것을 느꼈다.

제3장
구원

늦은 밤, 하진은 깊게 잠이 든 아이를 안고 있는 세실리아
와 마주하고 있다.

그녀는 하진에게 테르니온에 대해 소명하고 있는 중이다.

"그는 아이를 구해 주었어요. 그런데도 병사들이 자꾸 그를
모함하고 억압하려 하더군요. 병사들의 기강이 문란한 건가
요, 아님……."

"편견이겠지요. 그는 부랑자입니다. 더군다나 제 이름을 대
고 창부까지 끌어들였지요. 딱히 잘한 행동은 아닙니다."

"그렇긴 하지만 누군가에게 피해를 준 것은 아니잖아요? 들

어 보니 이 배를 타는 데 필요한 모든 것을 지원해 주기로 했다고 약속했다면서요."

"그렇습니다. 그래서 그때 창부가 탑승한 것을 묵과한 겁니다."

"그 창부도 잘못한 것이 없는데 사람들이 욕을 하더군요."

"매일 고성방가에 지나가는 행인에게 시비를 거니까요. 딱히 누군가를 해친 적은 없습니다만, 이젠 미친 여자로 인식된 겁니다."

"…편견은 좋지 않은 것인데."

"때에 따라선 그렇지요."

"그는 잘못이 없어요. 그리고 이제부턴 내 손님이니 부랑자처럼 대우하는 것은 옳지 않다고 생각해요."

"물론입니다. 하지만 그는 공주님의 손님이기 전에 제 손님이니 저희들이 알아서 하겠습니다."

"…알겠어요. 하지만 그 일로 실망시키지 않았으면 해요."

"여부가 있겠습니까?"

하진은 이제 슬슬 화제를 전환시키기로 했다.

"아이의 이름은 지었습니까?"

"…로시엔, 로시엔이라고 부르고 싶어요."

"로시엔이라……. 귀여운 이름이군요."

"이 눈망울을 좀 봐요. 귀엽지 않나요? 이제는 옹알이도 해요. 마마, 마마, 이렇게요."

"그새 많이 컸군요."

"그러게 말이에요. 세상에 어떻게 이런 천사가 나타난 것인지……."

그는 세실리아에게 상처가 아물었는지 물었다.

"아직도 극단적인 생각이 드십니까?"

"…아니요. 이젠 누구보다 오래 살아야겠다는 생각이 들어요. 당신이 나에게 무작정 아이를 맡기긴 했지만 그로 인해 내가 살아야 할 이유가 생겼어요. 아버지를 따라서 죽는 것보다 이 아이를 위해서 사는 것이 옳다는 것을 깨달았죠."

"잘 생각하신 겁니다. 그 아이는 엄마와 아빠를 모두 잃은 불쌍한 고아입니다. 공주님 같이 인자한 분께서 키워준다면 더할 나위 없이 좋겠지요."

그녀는 하진에게 폭탄선언을 했다.

"저는 이 아이의 엄마가 될 겁니다. 보모도 필요 없어요. 그러니 당신이 이 아이의 대부가 되어주세요."

"…대부요?"

"아이에게 아빠가 없어요. 그러니 당분간 당신의 성을 사용할 수 있게 해줘요."

"하지만 왕가의 성도 있는데 굳이 비천한 제 신분을 성으로 삼는 이유가 뭡니까?"

"이 아이를 구원해 준 사람이 당신이니까요."

총각에게 성을 달라는 것은 아주 이례적인 일이지만 하진은 개의치 않았다.

"좋습니다. 제 성이라도 괜찮다면 드리겠습니다."

"고맙습니다. 앞으로 이 아이를 로시엔 가우스트라 부를게요."

"그러시지요."

이제 그녀와 로시엔은 모녀로서 서로를 의지하며 살아가게 될 것이다.

*   *   *

늦은 밤, 밀리호의 선체가 동부 해협을 부유하고 있다.

솨아아아아!

파도는 높지 않았고 바람은 편서풍이 불고 있어서 제법 빠른 속도로 항해를 거듭할 수 있었다.

하지만 그것은 반대로 밀리호보다 더 빠른 선박이라면 그들을 따라잡을 수 있다는 뜻이기도 했다.

망루에 올라 망원경으로 주변을 살피던 병사는 밀리호의 뒤를 따라오고 있는 한 척의 선박을 발견했다.

"병사장님, 전방에 의문의 배 한 척이 접근 중입니다!"

"배?"

선미의 제1사장에 발을 걸쳐놓은 해리슨이 마법으로 배율을 높인 망원경으로 병사가 가리킨 방향을 바라보았다.

휘이이이잉!

바로 그때, 바람이 점점 더 강해지면서 돛대가 심하게 흔들리기 시작했다. 그리고 그 바람을 타고 엄청난 속도로 한 척의 전함이 쇄도해 들어오고 있다.

그는 전함 위에 달린 깃발을 자세히 살폈다.

"검은 해골……!"

칼리어스에까지 그 악명이 자자하던 검은 해골단은 바다의 사신으로까지 불리는 해적들이다.

아무래도 해리슨은 저들이 이 배를 타격하기 위해 달려오고 있다고 생각했다.

"젠장, 저들이 우리 배에 볼일이 있는 것 같은데?"

"어, 어떻게 할까요?"

"비상을 선포하고 대장님께 이 사실을 보고하라!"

"예, 병사장님!"

해리슨의 발 빠른 조치로 인해 밀리호에 비상 신호가 울려 퍼졌다.

땡땡땡!

"비상, 비상이다! 해적이 우리 배를 강습하기 위해 들이닥치고 있단 말이다!"

"해, 해적!"

"검은 해골단이 우리를 목표로 잡았다! 모두들 정신 바짝 차리고 자신의 위치로 돌아가도록!"

병사들은 교범에서 본 위치대로 달려가 자신의 할 일을 찾기 시작했다.

하지만 주민들은 여전히 불안에 떨었다.

"거, 검은 해골단이면 사람의 머리 가죽을 벗겨서 옷을 만들어 입는다는 그 무지막지한 해적 놈들 말인가!"

"마, 맞아! 그 미친놈들!"

"맙소사, 우리는 이제 다 죽은 목숨이야!"

소식을 듣고 밖으로 달려나온 하진은 병사들을 지휘하는 한편 주민들을 안심시켰다.

"일단 지하 선실로 대피하십시오! 우리 장병들이 저들을 막아낼 겁니다! 그러니 걱정하실 필요 없습니다!"

주민들은 배의 최하층에 있는 지하 창고로 모두 다 대피했고, 화포수들은 지하 2층의 포대로 이동하여 사격을 준비했다.

보병들은 지하 3층으로 달려가 노를 젓기 위해 단단히 자리를 잡고 앉았다.

하진은 갑판 위에 대기하고 서 있는 궁수들 사이에서 망원경으로 적의 동태를 살폈다.

"적들이 아직도 검은 깃발을 내리지 않고 있군."

"공격 의도가 아주 분명해 보이는데요?"

"제기랄, 교전은 피할 수가 없겠어."

"대부분이 해전 경험이 전무합니다. 어쩌면 좋습니까? 우리 병사장들도 해상 훈련은 받아본 적이 없는데요."

"난감하군."

육군 장교 출신인 하진이 해상 전투를 지휘한다는 것은 거의 어불성설에 가까웠다.

마법 책과 지팡이를 들고 전투에 나온 엘린은 그나마 전투 경험이 있는 가버에게 지금의 사태에 대해 물었다.

"서부에서 해적과의 전투에 참여한 적이 있다고 했죠? 지금의 상황은 어떤가요?"

"잘못하면 다 죽겠지."

"…그런 말이 어디 있어요?"

"해적과 붙으면 죽기 아니면 살기요. 저들은 자신들에게 불리한 증거가 될 증인들을 살려두는 법이 없소. 그나마 살아남을 수 있는 사람은 어린아이들과 아녀자들이겠지. 저들은 노예 무역을 가장 가치 있는 일이라고 생각하거든."

"절망적이군요."

"글쎄, 길고 짧은 것은 대봐야 알겠지만 우리에게 승산이 더 적은 것은 확실하오. 우리에겐 좋은 무기와 지상전에 능한 병사들이 있지만 저들에겐 풍부한 해전 경험이 있기 때문이지."

바로 그때, 적이 기수를 틀어 좌현으로 배를 돌렸다.

"으응? 뭐 하는 거지?"

"글쎄요, 우리를 따라온 것이 아니었던 걸까요?"

"…아니, 그렇지 않소. 저들은 지금 우리의 측면으로 파고들어 마공포 사격을 퍼부을 계획이오."

"그, 그렇다면……."

"아마도 이제 곧 포격이 시작되겠지."

가버의 예상대로 해적들은 바람이 부는 방향을 계산하여 배를 돌리고 있는 힘껏 노를 저어 밀리호의 속도를 금세 따라잡았다.

끼이이익!

"대장님, 적의 선체가 보입니다!"

"젠장!"

"…준비합시다! 우리가 먼저 타격해야 그나마 승산이 있소!"

"포대, 사격 준비!"

하진의 명령에 따라 지하 포대에 있던 화포수들이 사격을 준비했다.

철컹, 철컹!

마공포의 장탄실에 탄환을 집어넣은 화포수들이 화포의 격발기에 손을 올렸다.

화포는 마공포의 장탄실에 들어간 탄환에 마력으로 추진을 가하여 발사하는 방식으로 격발기는 영구적인 수명을 갖고 있다.

최근에는 이 마공포를 탄두 방식으로 바꾸어 사격하는 기술이 개발되고 있었지만 아직 상용화된 기록은 없었다.

"대장님! 사격 준비가 끝났습니다! 하지만 사거리가 좀 모자란 것 같습니다!"

"아뿔싸! 선공의 기회를 내어주게 생겼군!"

화포는 총 네 가지로 소형 화포와 중형 장포, 대형 장신포, 초장거리 캐논으로 분류된다.

전함에서 사용되는 포는 주로 장포나 장신포를 사용하는데, 하진과 같은 레이드전형 보병부대는 소형 화포를 사용한다

전면전이나 공성전에선 장신포나 캐논을 사용하기도 하지만 기동성이 뛰어난 소형 화포를 선호하기 때문이다.

지금 하진의 공격대가 사용하는 무기는 바로 소형 화포였고, 저들은 장신포로 무장하고 있었다.

사거리가 족히 세 배쯤 차이가 나는 이 싸움에서 하진의 함

대가 이길 확률은 거의 바닥에 가깝다는 소리였다.

측면과 측면이 맞닿은 순간, 적의 포대가 불을 뿜는다.

퍼엉, 퍼엉, 퍼엉!

총 여덟 문의 포신이 불을 뿜자 장신포의 가공할 만한 파괴력이 밀리호를 덮쳐왔다.

"포탄이 떨어집니다!"

"모두 엎드려 충격에 대비하라!"

단단한 철갑탄이 압축된 열을 발산하면서 배의 측면을 뚫고 들어왔다.

슈우웅, 콰앙!

"크허어억!"

"포대가 당했습니다!"

"빌어먹을! 일부러 아래를 사격한 것인가!"

"큰일입니다! 이대로라면 포대가 무력화될 것이 뻔합니다!"

하진은 자신의 경험이 미천하다는 것이 이렇게 엄청난 결과로 돌아올 줄은 꿈에도 몰랐었다.

적이 제2차 사격을 준비하는 동안, 하진은 전진과 후퇴 중 결정을 내려야만 했다.

"이대로 평행선을 유지한다면 앉아서 두들겨 맞을 수밖에 없습니다! 선수를 틀어 도망을 치든지 저들과 거리를 좁혀 포격전을 준비하든지 둘 중 하나는 해야 합니다!"

"맞아요! 이 거리에선 마법도 닿지 않는단 말이에요!"

"…좋아, 포격전을 준비한다!"

하진은 포병전을 선택했지만 그의 의견에 반발하는 사람이 있었다.

"그건 안 될 소리일세."

"테, 테르니온?"

"저놈들의 함선은 우리보다 맷집이 약하네. 이대로 공격을 몇 차례 맞아주면서 시간을 벌게. 적어도 우리가 선실을 잃는다고 해도 절대로 손해를 볼 일은 없을 걸세."

"그 이후엔 어떻게 합니까?"

"백병전을 벌이게. 지금은 서풍이 불고 있어서 후퇴하기엔 적합하지 않아."

"만약 저들이 이대로 포격하면서 도망간다면요?"

"나에게 방법이 있네."

병사들은 얼마 전까지만 해도 주정뱅이처럼 선실 바닥을 굴러다니던 그의 말을 신뢰하지 않았다.

"저 비렁뱅이의 말을 듣자는 것은 아니겠지요?"

"대장님! 잘 선택하셔야 합니다!"

"그래, 선택은 자네가 하게. 하지만 시간이 없다는 것만은 알아두게나."

"……"

생사의 기로에 선 하진은 테르니온의 선택을 믿기로 했다.

"…백병전을 벌인다."

"대, 대장님!"

하진은 테르니온에게 키를 맡겼다.

"우리는 지금 뛰어난 조타수 한 명 없는 실정입니다. 배를 지휘해 주십시오."

"병사들이 나를 따르겠나?"

"제 명령입니다. 따를 수밖에요."

그는 고개를 끄덕였다.

"좋네, 그럼 오랜만에 몸 좀 풀어볼까?"

평소에는 술에 취해 비틀거리기만 하던 그의 눈빛이 날카롭게 변했다.

"아딧줄을 우현으로 15도 틀고 짐칸의 무게중심을 우측으로 옮긴다!"

"하지만 그렇게 되면 배가 기울게 됩니다만!"

"지금부터 급격하게 방향을 바꿀 것이다! 그렇게 되면 무게중심이 쏠려야 안정적으로 배가 돌 수 있어! 어서 움직여!"

병사들이 눈치를 보자 하진이 명령했다.

"지금부터 제독의 명령에 따른다! 신속히 움직여라!"

"예, 대장님!"

그제야 신속하게 선실 짐칸으로 내려간 병사들은 테르니온의 말대로 짐을 좌측으로 옮겨 싣고 아딧줄을 당겨 돛대의 방향을 우현으로 틀었다.

그러자 테르니온이 키를 잡고 조타를 우현으로 최대한 꺾어버렸다.

촤르르르르륵!

그러자 선미가 급격하게 쏠리면서 선체가 충격을 받았다.

뚜두두두둑!

"대장님, 선체가 압박을 받습니다!"

"조금만 기다려! 아직 멀었다!"

테르니온이 조타기를 잡음과 동시에 적이 화포를 발사해 왔다.

슝슝슝!

"적의 포격이 시작됩니다!"

"충격에 대비하라!"

"어서 숨어!"

병사들은 알아서 몸을 숨기려 했으나 테르니온은 호통을 쳤다.

"해군은 적의 포격에 숨지 않는다! 그대들이 숨으면 배는 침몰한다! 명심하라!"

"아아!"

그의 호통에 정신을 차린 하진과 병사들은 자신의 자리에서 날아오는 포탄을 바라보았다.

그리고 잠시 후, 그 포탄은 아주 아슬아슬하게 후미의 장대를 스치고 지나갔다.

퍼어억!

잘못하면 돛과 돛을 연결한 아딧줄이 당겨져 돛대가 꺾일 수도 있었지만 무사히 위기를 넘긴 것이다.

그는 이제 바람과 해류가 자신의 편이라고 확신했다.

"좋아, 탄력을 받았다! 모두들 백병전을 준비하라!"

"백병전을 준비하라!"

"보병, 걸침 사다리와 갈고리 밧줄을 소지하고 각자의 무기로 무장하라!"

"예, 대장님!"

하진은 병사들과 함께 백병전을 준비했다.

"단 일격에 쓸어버리는 거다!"

"예, 대장님!"

몬스터를 통해 수많은 전투를 경험한 하진의 보병부대는 해상전에는 쓸모가 없었지만 지상전에선 이골이 났다고 볼 수 있었다.

테르니온은 화포수와 궁수를 보병 후방에 배치했다.

"화수포, 장탄! 궁수는 화공을 준비하라! 적의 함선을 불태운다!"

"예, 알겠습니다!"

노련한 조타로 빠르게 거리를 좁힌 테르니온은 하진을 따라서 보병 전선에 섰다.

"제독……?"

"나도 싸움이라면 좀 한다네."

그는 바닥에 있는 갈고리 밧줄을 어깨에 들쳐 메곤 적당한 거리가 될 때까지 기다렸다.

"…빌어먹을 도적놈들, 오늘 아주 물고를 내주마!"

테르니온이 갈고리 밧줄을 던지며 외쳤다.

"갈고리를 걸어라! 화포수, 무자별 사격!"

"사격 개시!"

휘리리리릭, 퍽!

갈고리가 적의 함선에 걸리자 보병들은 그것을 힘껏 당겨 거리를 좁혔다.

그러자 화포수들의 사격이 빛을 발했다.

콰앙!

가버가 개발한 화염포탄이 터지면서 적의 돛대를 태워 버렸고, 적의 포대는 불바다로 변했다.

화르르르륵!

"지금이다! 걸침 사다리를 내리고 돌격하라!"

"와아아아아아!"

테르니온은 또 하나의 갈고리 밧줄을 적의 돛대에 걸곤 그 것을 타고 빠르게 도하했다.

부웅!

대략 1초 후, 테르니온은 가장 첫 번째 만난 적의 목을 검으로 베어버렸다.

촤락!

"크허억!"

"죽어라!"

그의 용맹함에 사기가 올라간 병사들은 물불을 가리지 않고 적의 본진을 향해 달렸다.

"와아아아아아!"

"가버, 적의 후빙에 파이어볼을 떨어뜨립시다!"

"알겠소, 엘린!"

가버는 삼각다리가 달린 머스킷을 바닥에 세운 후 그 위에 마정석 조각이 달린 소형 탄두를 장착시켰다.

엘린은 그 위에 파이어볼 마법을 캐스팅하여 마력을 불어넣었다.

"파이어볼!"

쿠르르르르르르르, 화르르르르륵!

마정석은 파이어볼 마법을 머금게 되었고, 가버는 가늠쇠로 정확하게 탄착점을 조준한 다음 격발기를 당겼다.

타앙!

마력으로 인해 탄력을 받은 파이어볼 탄은 정확하게 적의 후방에 떨어져 내렸다.

쿠아아아아앙!

"끄아아아악! 불이다! 불이 났다!"

"제기랄! 불을 꺼라!"

적은 지금 앞뒤로 달려드는 위협을 동시에 상대하느라 정신이 하나도 없는 상태였다.

하진은 네이튼과 함께 밧줄을 탔다.

"우리도 가지!"

"물론!"

그는 테르니온처럼 밧줄을 타고 가면서 적진의 정중앙으로 몸을 날렸다.

파바밧!

하진의 바로 옆으로 날아든 네이튼은 하진의 방패 뒤로 바짝 붙어 뒤를 노리는 적들을 베어나갔다.

서걱, 서걱!

"쿨럭!"

"대장, 전방으로 돌격할 건가?"

"물론!"

하진은 오로지 직선으로 엘리메이더의 창을 휘두르면서 적들의 목을 쳐냈다. 돌진하며 크고 작은 상처를 입긴 했지만 그의 상처는 금세 회복되었다.

무기가 가진 체력 흡수 옵션과 흡혈 마법으로 인해 적의 체력을 하진이 흡수했기 때문이다.

덕분에 적의 공격을 전부 다 맞으면서도 돌격의 기세가 전혀 줄어들 줄을 몰랐다.

테르니온의 지략과 용맹, 하진의 압도적인 맷집에 힘입은 병사들은 마치 광전사처럼 적진을 향해 달리고 또 달렸다.

"돌격!"

"와아아아아!"

*   *   *

검은 해골단의 두목 케레니슨은 자신의 본진이 단 15분 만에 초토화되는 것을 보고 기겁할 수밖에 없었다.

"이런 씨발! 도대체 뭐가 어떻게 된 거야!"

"포대가 불타면서 무기가 하나도 남아나지 않았습니다! 화살 하나도 남은 것이 없어요!"

"저놈들, 도대체 뭐야? 뭔데 저렇게 무지막지한 거야!"

"어떻게 할까요? 이대로 배를 포기하는 수밖에 없을 것 같은데요?"

"…빌어먹을!"

검은 해골단은 지금까지 제국군 이외의 그 어떤 함대에게도 패해본 적이 없는 무패의 신화를 가진 해적단이었다.

그렇기에 바다에서 이렇게 엄청난 잠재력을 가진 함대를 만나 고생할 줄은 꿈에도 몰랐다.

"지하 선실로 내려가 끝까지 버틴다!"

"하지만 이미 선실이 다 불타서 사람은 들어갈 수 없습니다만……."

"제기랄! 그럼 어쩌자고! 바다에 빠져 죽자는 건가!"

"…투항을 하는 것은 어떨까요?"

케레니슨은 이제 대략 50명쯤 남은 자신의 부하들을 둘러보았다.

몇 명은 피투성이가 되어 서 있지도 못하고, 몇 명은 포탄에 맞아 죽어가고 있었다.

그나마 남은 사람의 절반이 저런 신세이니 지금 이 상태에서 더 이상 백병전을 이어나간다는 것은 어불성설이었다.

결국 케레니슨은 자신의 명예와 목숨을 바꿀 수밖에 없다는 것을 깨달았다.

"가자."

"어딜 말입니까?"

"어디긴, 여기서 죽을 수는 없는 노릇 아니냐?"

"항복하자는 말씀이십니까?"

"…적어도 그런 척은 해야 할 것 아니냐?"

"예? 그게 무슨 말씀이신지요?"

"저 배는 우리가 훨씬 더 잘 알고 있다. 에고스톤만 찾으면 우리가 저 배를 통제할 수 있다는 소리지."

"아하!"

잠시 후, 피에 젖은 적장이 모습을 드러냈다.

"누가 두목이냐?"

"내, 내가 두목이요!"

"네놈이 해적이로구나."

그는 케레니슨의 얼굴을 방패로 내리찍어 버렸다.

빠악!

"크허억!"

"빌어먹을 자식 같으니, 네놈 때문에 식량이 절반이나 타버리지 않았느냐?"

"……"

"네놈들을 짐꾼으로 부려먹어야겠다. 이놈들을 끌고 가라."

"예, 대장님!"

적군은 50명 남은 해적을 전부 족쇄로 엮어 에밀리아호 선실로 끌고 갔고, 남은 사람들은 불을 끄고 선실에 남은 물품을 건져 창고로 옮겼다.

*　　　　*　　　　*

이른 아침, 흰색 제복을 입은 테르니온과 푸른색 로브를 걸친 엠블라가 갑판 위로 나왔다.

테르니온은 이제 술에 절은 기색 하나 없이 완벽한 장교의 위용을 드러냈고, 엠블라는 마법사들이 사용하는 지팡이와 마법서를 손에 들고 있었다.

사람들은 멀쩡한 모습의 두 사람을 바라보며 고개를 갸웃거렸다.

"…저 사람들이 진짜 그 주정뱅이 맞나?"

"해가 서쪽에서 뜨겠군. 혹시 술 때문에 머리가 어떻게 된 것은 아닐까?"

잠에서 깬 하진은 아침부터 갑판으로 나온 두 사람과 마주했다.

"제독?"

"잘 잤나? 자네가 깨어나기만을 기다렸다네."

"그 제복은……."

"내가 복무하던 시절의 제복일세. 이제 이 제복을 입고 다니는 사람은 없어. 라스리의 군대가 바뀌었으니까."

"아아, 그렇군요."

그는 말끔한 모습의 엠블라를 바라보며 물었다.

"그나저나 엠블라 씨는……."

"저는 라스리의 마법사단장 엠블라 네이티슨이라고 해요. 창부로 위장한 것은 대장님이 얼마나 신용할 만한 사람인지 알아보기 위함이었습니다. 죄송합니다. 악감정이 있어서 시험한 것은 아닙니다."

엠블라 네이티슨이라는 소리에 엘린과 가버가 화들짝 놀랐다.

"네이티슨? 혹시 흑암의 네이티슨? 그런가요?"

"상아탑에선 저를 그렇게 불렀지요."

"이, 이럴 수가! 암흑 계열 백마법의 대가가 여기에 있었다니!"

"대가라니요? 그냥 운이 좋아서 그런 칭호를 얻은 것뿐입니다. 지금은 그냥 마법이나 연구하는 사람에 불과하지요."

암흑 계열 마법은 대부분 흑마법이라는 퇴폐적이고 사술적인 술법 천지지만, 성향이 밝고 인간에게 이로운 백마법을 사용하는 학문도 드물게 존재했다.

엠블라는 암흑 계열 마법을 익혔지만 백마법의 대가로서 수많은 사람들의 칭송을 들어온 사람이었다.

하지만 조국 라스리가 테르니온을 버리면서 공국에 염증을 느껴 일부러 창부로 위장해 살아가고 있었던 것이다.

실제로 그녀가 몸을 판 적은 없어도 행실이 워낙 현실감 넘쳤기 때문에 그 누구도 의심한 적은 없었다.

테르니온이 하진에게 자신의 장군 완장을 떼어 건넸다.

"이젠 자네가 나의 상관일세. 자네의 말에 따라 움직이고 모든 것을 따르겠네."

"…상관이라니요. 그냥 동료라고 해주십시오. 그것만으로도 영광입니다."

"상관이라곤 해도 자네에게 깍듯하게 존대를 한다는 것이 아닐세. 그냥 정신적인 지주라고나 할까? 우리와 같은 집단에는 리더가 한 명은 반드시 존재해야 하니까 형식상 상관이라고 해주게."

"그렇다면야 찬성입니다."

이제 하진의 동료창에 테르니온과 엠블라의 정보가 기입되었다.

그런데 두 사람의 정보가 일반적인 동료들과는 조금 다른 것 같았다.

두 사람의 정보가 기입되자 인터페이스에는 '장수'라는 새로운 탭이 생겨났다.

[제1장수 : 테르니온 아르테니아스.]

장수 정보

레벨 : Lv. 25 1차 전직.

능력치 ― 힘 : 155, 체력 : 200, 민첩 : 16, 마력 : 45.

성급 및 등급 ― 마공포 장수 4성, 장수 등급 A.

[제2장수 : 엠블라 네이티슨.]

장수 정보

레벨 : Lv. 11 1차 전직.

능력치 ― 힘 : 25, 체력 : 50, 민첩 : 6, 마력 : 200.

성급 및 등급 ― 암흑계 백마법 장수 4성, 장수 등급 A.

　게임에서 운영되던 장수 시스템은 결국 실력이 뛰어난 사람이 레벨을 초월하여 전문가의 경지에 도달했을 때 나타나는 모양이었다.

　하진은 사람의 가치를 평가할 수는 없지만, 군인으로서 이두 사람의 가치가 전 병력을 모두 합친 것보다 훨씬 높다는 것을 알 수 있었다.

　테르니온이 하진에게 항해 지도를 건네며 말했다.

　"이 길을 따라서 간다면 동부 해안까지 곧바로 갈 수 있을 걸세. 가는 길에 내가 만일을 대비하여 숨겨둔 아이온 캐논과 신형 마공탄을 가지고 가면 더 좋고."

　그에게서 새로운 항해 지도를 건네받은 하진은 인터페이스에 선단과 항해에 관련된 '함대' 탭을 얻을 수 있었다.

이로써 하진에게도 제대로 된 함대가 편성된 셈이다.

와이너스가 테르니온에게 악수를 청했다.

"반갑소. 나는 칼리어스에서 온 와이너스라고 하오."

"반갑습니다. 당신이 바로 전설의 검객 와이너스군요."

"하하, 전설이라니 당치도 않소,"

그는 테르니온에게 배의 선장실 열쇠를 건넸다.

"당신이 이 배를 몰아주시오. 아무래도 우리보다는 바다에서 오래 살아온 제독이 배를 모는 것이 모두에게 낫지 않겠소?"

"영광입니다."

그렇게 하여 테르니온은 에밀리아호의 선장으로서 배를 지휘하게 되었다.

하진은 이제 뛰어난 장수와 함께 백전노장의 항해사를 얻게 된 것이다.

제4장
에고스톤

　판테리아에서의 사략은 해적선이나 무허가 사략선에 한해
서 허가된다.

　물론 국가에서 공인한 사략선이 있기는 하지만 난전이 워
낙 많이 오가는 판테리아이기에 사략이 이어질 평시가 별로
없었다.

　때문에 하진이 노획한 해적선은 어느 국가에나 정당한 대
가를 받고 되팔 수 있었다.

　와이너스가 변장한 게리슨이라는 신분을 가지고 작은 항구
도시 엑슨을 찾은 하진은 소형 조선소에 배를 보여주며 값을

물었다.

"얼마나 나오겠습니까?"

"글쎄요, 많아봐야 50골드?"

"그건 너무 싸지 않습니까? 이 정도면 중소형 전함급인데 말이죠."

"아무리 중소형 전함이라고 해도 선실이 전부 소실되고 거의 형체만 남아 있는데 누가 이 배를 사겠습니까? 아시다시피 전손에 가까운 중형 화재가 난 배는 값이 떨어지게 마련입니다."

"흐음⋯⋯."

이 세상 누구도 탈것이 부실한 것은 그다지 달가워하지 않을 것이다.

이를테면 지구의 중고차 시장에서 침수나 반파 사고가 난 차는 값이 터무니없이 낮게 잡힐 수밖에 없는 것과 같다.

한 번 사고가 났다는 것은 이미 하자가 생겼다는 말이나 진배없기 때문이다.

배 역시 마찬가지였다.

짐을 싣고 바다로 나가는 배가 불이 난 전력이 있다면 언제 침몰해도 이상하지 않기 때문에 이 배를 제값에 산다는 것은 말도 안 되는 일이었다.

"좋습니다. 이 배를 55골드에 드리지요."

"…50골드도 많이 쳐준 겁니다."

"조금만 더 쓰시죠."

조선소 주인은 하진에게 50골드가 든 주머니를 건네며 말했다.

"서부산 돛을 줄 테니 함께 가지고 가시구려. 만약 그게 아니라면 우리도 구매할 생각이 없습니다."

"흐음, 뭐, 좋습니다. 그 값에 팔지요."

"또 필요한 것은 없소?"

"배를 한 척 맡기고 싶습니다. 견적이 얼마쯤 나올지 한번 봐주십시오."

"그렇게 하겠소."

하진은 조선소 주인과 함께 독로 나온 밀리호로 향했다.

바지선으로 배를 연안으로 옮기고 다시 초대형 도르래를 이용하여 독에 올린 배는 이미 독의 비용을 다 지불한 상태였다.

조선소 주인은 하진에게 수리 비용으로 1골드를 요구했다.

"1골드면 싼 겁니다. 수리하시겠습니까?"

"좋습니다. 기한은 얼마나 걸리겠습니까?"

"대략 3일에서 4일쯤 걸릴 것 같군요."

"잘 알겠습니다."

1골드를 수리 비용으로 지불한 하진에게 조선소 주인이 유의 사항에 대해 말했다.

"배에 있는 짐은 항만의 유료 창고로 옮겨주십시오. 배를 수리하자면 속이 텅 비어 있는 편이 빠르거든요."

"잘 알겠습니다."

하진은 주민들과 함께 배 안을 깔끔하게 비우기로 했다.

독에서 짐을 내린 하진은 노획한 짐과 원래 가지고 있던 짐을 나누어 적재하였다.

노획한 짐 중에는 장물이 꽤 많아 시장에 함부로 내다팔 수가 없기 때문이다.

하진은 병사들과 함께 해적의 짐을 일일이 풀어보았다.

그는 해적의 짐 중에서도 꽤 특이한 구조로 된 보따리를 발견했다.

"이게 뭐지?"

푸른색 돌로 된 상자는 자물쇠로 단단히 잠겨 있었는데, 그 안에는 꽤나 묵직한 것이 들어 있는 것 같았다.

하진은 이것을 가지고 가버에게로 향했다.

"가버, 이 물건이 뭐 하는 것인지 아십니까?"

그는 하진이 가지고 온 물건을 보자마자 단박에 그 정체를 알아보았다.

"이건 헤이츠 제국에서 사용하는 장총 보관함이 아니오?"

"장총 보관함이요?"

"해군에서 보급되어 사용하는 것으로 알고 있소. 마공포를 계량해서 만든 것인데, 탄착점이 매우 정밀해야 하는 만큼 고도의 훈련이 필요하지."

"총이라……."

하진은 언젠가 헤이츠 제국의 함대가 화승총 형태의 마법총을 사용한다는 내용을 접한 적이 있다.

하지만 그것은 아직 패치가 되기 전이라서 빛을 보지 못하고 수장된 것으로 기억하고 있다.

아마도 이곳 게임 내에선 그때 개발 중단된 총이 이미 해군에 보급된 모양이다.

"하지만 총이라고 해봐야 관통력이 시원치 않아서 마력을 컨트롤할 수 없으면 그냥 없는 것보다 못할 지경이오."

"그렇군요."

"나처럼 마법사의 길을 걷지 않고 마공포수가 되는 사람이 그리 많지는 않을 테니 아마도 적을 위협하는 목적으로 사용되고 있을 거요. 그게 아니라면 화살과 다르게 정확도가 높아 경상을 입히는 것에 사용되고 있을지도 모르고."

"으음……."

가버는 굳게 닫혀 있는 파란색 상자를 열어서 그 안의 내용물을 확인시켜 주었다.

우우우웅, 파박!

자물쇠에 마력을 불어넣자 상자가 열리며 정밀 분해된 장총이 모습을 드러냈다.

"아무래도 총을 배운 놈이 분리를 해놓은 것이 분명하오."

"이 정도라면 마력을 컨트롤할 수 있을까요?"

"아마 그렇다고 볼 수 있을 거요. 이 정도 정밀 분해를 할 수 있는 실력은 그리 흔치 않으니 말이오."

하진은 이 물건을 장물시장에 내다 팔려다 마공총수가 어떤 사람인지 궁금해졌다.

"한번 확인해 보는 것이 좋겠습니다. 누가 총을 사용했는지 말입니다."

"그러시는 것도 나쁘지는 않을 것 같긴 하오."

두 사람은 이 총을 조립해서 주인을 찾아보기로 했다.

가버는 정보원으로 점찍어둔 사람들을 나열해 보았다.

"이 일에 대해 알아볼 수 있는 사람이 몇 명 있소. 그중에서도 가장 유력한 후보는 조리 보조 타이슨이오."

"조리 보조?"

"원해서 해적이 된 것은 아니고, 문학을 즐긴다고 하더구려."

그는 하진에게 소설책 한 권을 건넸다.

"첩보 소설이오. 읽어 보니 꽤 볼 만하더이다."

"재능이 많은 친구로군."

하진은 그에게서 책을 받아 든 후 그것을 정독하기로 했다.

＊　　＊　　＊

정오가 가까워 오는 시각, 하진은 임시 막사에 마련된 조리실을 찾았다.

후끈후끈한 열기가 가득한 이곳은 해적선에서 조리장으로 일하던 타이슨이 주방 보조로 역할을 분담하고 있었다.

하진은 타이슨에게 다가가 말을 건넸다.

"일은 할 만한가?"

"대장⋯⋯."

"원래 꿈이 요리사였다던데, 적성에 맞는지 모르겠군."

"식자재의 질이 좀 떨어지긴 하지만 먹을 만한 요리를 만들기 위해 최선을 다하고 있습니다."

"조만간 최상급 식자재를 지원해 줄 테니 본격적으로 조리를 해보게."

"⋯감사합니다."

상당히 내성적인 타이슨은 어려서 검은 해골단에 의해 부모님을 잃고 어쩔 수 없이 해적선을 타고 돌아다닌 불운아였다.

사람을 죽이거나 약탈하는 것에는 흥미도 없고 재능도 없던 그는 오로지 요리와 문학에만 빠져 살았다.

지금까지 수많은 대륙을 돌아다니면서 배운 다채로운 조리법과 작문 실력은 가히 일품이라 할 만했다.

하진은 타이슨에게 그가 쓴 소설책을 건넸다.

"잘 읽었다. 내용이 아주 짜임새 있더군."

"감사합니다."

그가 쓴 소설은 고대 첩보전을 소재로 하고 있었는데, 그 디테일이 거의 실전과 다름없이 전개되어 흥미를 잡아끄는 맛이 있었다.

"속편은 언제쯤 나오나?"

"아직은 미정입니다. 워낙 시간이 없어서……."

"그렇군. 조리장에서 일하고 남는 시간에는 수용소로 돌아가야 할 테니까 말이야."

"…그렇지요."

하진은 그의 발목을 잡고 있는 족쇄를 풀어주었다.

철컥!

"……?"

"너는 이제 자유다. 다만 주방을 책임지고 관리해야 한다. 알겠나?"

"병사들이 반발할 텐데요?"

"앞으로 우리 주민을 위해 평생 일하겠다고 약속한다면 그들도 어느 정도는 납득할 것이다."

"감사합니다."

하진은 그의 족쇄를 풀어주면서 또 하나의 조건을 붙였다.

"또 하나, 자네가 해줄 일이 하나 있어."

"…시키실 일이 있습니까?"

"나의 정보원이 좀 되어주게."

"정보원이라면……."

"해적들은 지금 나에게 뭔가 숨기는 것이 많아. 물론 저 인원으로 반란을 일으키기란 쉽지 않겠지만 적어도 도주는 계획하고 있겠지."

"……."

하진은 입장을 바꾸어 자신이 해적선장이라는 가정하에 생각을 해보았다. 그러자 단 하나의 결론이 내려졌다.

"너희 해적단에는 마공총수가 있는 것 같더군. 그것도 총의 구조에 대해 아주 바삭하게 알고 있는 사람이 말이야."

"……."

"내가 너희들의 짐에서 이런 것을 찾아냈다."

그는 해적들의 짐짝에서 찾아낸 푸른색 케이스를 타이슨에게 보여주었다.

"…마공장총."

"그래, 잘 아는군. 이런 물건을 숨겨두었다는 것, 그것이 과연 무엇을 뜻하는 것이겠는가?"

타이슨은 하진에게 자신이 아는 사실에 대해 털어놓기로 했다.

"…이 일이 밖으로 새어 나가면 저는 죽습니다. 저를 보호해 주실 수 있겠습니까?"

"물론이지."

"그렇다면 모든 것을 말씀드리겠습니다. 에밀리아호로 가시지요."

"에밀리아호?"

"이곳에서 밀리호라고 부르는 곳 말입니다."

"아아, 그 배의 원래 이름이 에밀리아호였던가?"

"예, 그렇습니다."

"좋아, 함께 가도록 하지."

하진은 그들 데리고 수리가 한창인 배로 향했다.

*   *   *

선착장 독(Dock) 인근 조선소에서는 에밀리아호의 수리가 한창이었다.

뚝딱, 뚝딱!

타이슨을 데리고 조선소를 찾은 하진은 기술자들에게 잠시 안으로 들어가도 되는지 물었다.

"놓고 간 물건이 있습니다. 잠시 안을 살펴봐도 되겠습니까?"

"그러시오."

물건이 수북이 쌓인 것도 아니고 사람 한두 명 오가는 것은 기술자들에게 큰 걸림돌이 아닌 모양이다.

타이슨은 하진을 데리고 지하 선실 바닥으로 향했다.

"이쪽으로 오시지요."

"⋯뭔가 있는 모양이군."

그는 아무런 대답도 없이 지하 선실 바닥으로 내려가더니 이내 주머니에서 망치를 꺼내어 나무 타일을 두드리기 시작했다.

쿵쾅, 쿵쾅!

"뭐, 뭐 하는 건가?"

"이곳에 중요한 물건이 숨겨져 있습니다."

타이슨은 망치를 이용해 타일을 몇 번인가 두드렸고, 결국 그 바닥에 구멍이 나면서 타일이 조각났다.

빠각!

그는 조각이 난 타일 속으로 손을 집어넣어 작은 상자 하나를 꺼냈다.

황금색 휘장으로 감싸진 작은 나무 상자는 굳게 닫혀 있음에도 불구하고 자꾸만 빛을 뿜어내고 있었다.

스르르르룽!

하진은 본능적으로 이 물건이 보통 물건이 아니라는 사실을 직감할 수 있었다.

"이건……."

"에고스톤입니다."

"에고스톤!"

에고스톤은 무한의 영주에서 마력전함의 심장이 되는 주재료로 거론되던 구현 미정의 유니크 재료 아이템이었다.

게임의 스토리 작가가 아직 스토리를 전개하지 않고 그냥 구현 미정으로만 지정해 놓고 스토리에서 몇 번 이름이 거론된 것이 전부였다.

하지만 게임 개발자는 조만간 이 에고스톤으로 장수의 각성과 함대의 업그레이드 등이 가능할 것이라고 힌트를 준 적이 있었다.

자세한 내용까진 알지 못하는 하진이지만 이 에고스톤이 얼마나 대단한 물건인지는 가늠할 수 있었다.

"…이런 물건이 선실 바닥에 숨겨져 있었단 말인가?"

"우리가 에밀리아호를 차지하기 위해 죽음을 무릅쓴 것은 바로 이 에고스톤 때문입니다. 에밀리아호는 비공식적이지만 에고스톤 동력기를 단 최초의 함선이라고 들었습니다. 퍼플리 아 해적단이 상아탑의 마법사와 제국군의 궁정기술자를 납치 해서 10년 만에 만들어낸 것이지요."

"흐음, 그런 일이 있었던가?"

"풍문으로는 이 에고스톤이 해적 선장의 딸인 에밀리아의 혼백이 남긴 결정이라는 소리도 있었지만, 자세한 것은 아직 아무도 모릅니다. 다만, 이 에고스톤이 함선을 움직이는 원동 력이라는 것만큼은 확실합니다."

그는 하진에게 에고스톤을 건넸다.

"받으시지요."

"나에게 이런 물건을 주어도 괜찮겠나?"

"최소한 해적들의 손에 들어가는 것보다는 낫겠지요."

하진은 그에게서 상자를 받아 그 안을 열어보았다.

끼이이이잉!

"크으윽!"

"대, 대장님!"

바닥에 한쪽 무릎을 꿇은 하진, 그는 이 고통이 어쩐지 익 숙하다고 생각했다.

'패왕의 인장! 그것과 비슷한 느낌이다!'

잠시 후, 에밀리아호의 영혼석이 하진의 몸속으로 빨려 들 어가기 시작했다.

슈가가가가각!

"끄아아아아악!"

"대장님!"

화들짝 놀라는 타이슨에게 하진이 괜찮다는 손짓을 했다.

"…난 괜찮다. 기술자들에겐 그냥 넘어진 것이라고 해두게."

"아, 알겠습니다."

영혼석은 하진의 심장 속으로 빠르고 파고들어 혈액을 타고 몸속을 돌아다니면서 또 하나의 신경 체계를 구성하기 시작했다.

뚜두두두둑!

처음엔 뇌에서 시작하여 척추로 이어진 신경 체계는 눈동자와 귀를 타고 흐르더니 이내 성대를 감싸 안았다.

패왕의 인장이 원래 가지고 있던 신경 체계가 관장하는 곳과는 또 다른 체계를 완성하게 된 것이다.

잠시 후, 눈을 뜬 하진의 인터페이스 왼쪽 하단에는 작은 모니터 형태의 홀로그램이 생성되어 있었다.

그리고 그 모니터로 한 여성의 얼굴이 비친다.

―안녕하십니까, 주군

'누구……?'

―앞으로 당신의 명령에 따라서 에고스톤 결합체를 주관하게 될 에밀리아라고 합니다.

'에밀리아! 그렇다면 해적 선장의 딸이 진짜로 에고스톤이 된 것인가?'

─그건 아닙니다. 저는 칼리어스 제2대 왕의 딸 에밀리아 레발리우스입니다.

'그렇다면 에밀리아호라는 이름은 당신의 이름으로 지어진 것이 맞긴 맞는 모양이군.'

─그렇다고 볼 수도 있지요. 하지만 그는 배가 스스로 동력 장치에 의해 움직인다는 것만 알지, 제게 이런 능력이 있다는 것은 아마 몰랐을 겁니다.

'흐음.'

─아무튼 저는 이제부터 주군의 명령에 따라 움직일 겁니다. 에고스톤 결합체는 전부 저의 관장하에 연동되는 것이지요. 한마디로 주군의 한 마디면 저와 연결된 모든 것이 움직일 수 있다는 뜻입니다.

'그렇군.'

하진은 점점 자신의 상태가 이전의 게임에 있던 인터페이스와 비슷해져 간다는 사실을 알 수 있었다.

한마디로 그의 몸이 에고스톤을 흡수함으로써 점점 더 완벽한 플레이어로 진화하고 있다는 뜻이기도 했다.

─배의 수리가 끝나게 된다면 동력 장치를 가동시켜 항해를 준비하겠습니다. 명령만 내려주십시오.

'좋아, 그렇게 하지.'

처음 에밀리아와 교신하느라 정신을 놓고 있던 하진에게 타이슨이 말을 걸었다.

"꽤, 괜찮으십니까?"

"물론이지. 아무튼 나에게 좋은 물건을 소개시켜 줘서 고맙네."

"…아닙니다."

"자, 가지. 앞으로 자네가 할 일이 아주 많아."

하진은 그를 데리고 중앙 막사로 향했다.

*   *   *

중앙 막사엔 하진의 명령으로 모인 병사장들과 동료들이 전부 자리하고 있었다.

그는 병사장들과 동료들에게 에고스톤의 존재와 검은 해골단의 계획에 대해 설명했다.

"아무래도 놈은 막사를 탈주하여 에밀리아호를 탈취하려던 것 같다."

"…빌어먹을 놈들."

"만약 타이슨이 아니었다면 꼼짝없이 배를 빼앗기고 말았겠지."

하진은 동료들에게 해적단의 처치에 대한 의견을 물었다.

"이들을 과연 어떻게 하면 좋겠나?"

"그냥 모두 다 버리시지요."

"하지만 그렇게 되면 다시 도적질이나 하고 돌아다닐 걸세. 근본적인 처치가 필요하다고 보네."

테르니온은 하진에게 그들의 갱생 여부에 대해 물었다.

"자네가 보기엔 저들이 갱생을 할 수 있다고 생각하는가?"

"솔직히 반반입니다. 지금은 힘의 논리에 의해 어쩔 수 없이 굴복했다고 해도 자유가 주어진다면 다시 해적 기질을 보이겠지요."

"그렇다면 그들에게 한 번의 기회를 주게."

"기회라면……."

"우리 군에 입대할 수 있는 기회를 주고 그것을 거부한다면 가차 없이 죽이도록 하세나."

병사장들은 테르니온의 처치가 가장 옳다고 입을 모았다.

"제독의 말씀이 맞는 것 같습니다."

"맞습니다, 대장님. 그리하시지요."

하진은 다수의 의견을 모아 그들의 갱생 의지에 대해 실험하기로 했다.

"좋아, 그럼 케레니슨을 감시할 자를 붙여 그가 벌이는 짓을 보고 영입 여부를 결정하도록 하지."

"예, 대장님."

하진은 과연 뛰어난 마공포수를 얻을 수 있을지 마음속으로 가늠해 보았다.

*   *   *

늦은 밤, 엑슨의 항만창고에 칼리어스 난민들이 세운 임시 캠프가 들어섰다.

도망 생활에서 만들어놓은 천막은 이곳에서 다시 사용되었고, 부족한 것은 시장에서 구매하여 충당했다.

타닥, 타닥.

상삭불이 타들어가는 소리만이 가득한 항만창고 구석 해적 수용소에는 아직도 피투성이의 해적들이 결박된 채로 묶여 있었다.

케레니슨은 아까부터 계속해서 뾰족한 돌조각으로 결박을 풀기 위해 애를 쓰는 중이다.

끼릭, 끼릭.

보통 오래된 족쇄에는 이음새가 느슨해져 있기 때문에 돌조각으로 틈새를 벌리면 충분히 탈출이 가능할 터였다.

그는 에밀리아호까지만 가면 이곳을 떠나 자유롭게 살 수 있다고 믿었다.

"…마공장총만 있으면 네놈들은 다 죽은 목숨이다!"

약 10년 전, 헤이슨 제국에선 머스킷 형태의 소형 마공포를 계량하여 장총의 형태로 된 무기를 개발하였다.

포신의 길이는 대략 1m 50cm쯤 되고 구경은 대략 15mm 정도 되었다.

이 작은 구슬이 들어가는 장총은 마정석에 의해 격발되는데, 크기가 작은 만큼 대포보다 파괴력이 한없이 약하다는 단점이 있었다.

하지만 포신을 작게 계량하고 그 안에 들어가는 마정석의 파괴력을 작게 응축시킨 만큼 단일 표적에 한해서는 엄청난 파괴력을 자랑했다.

게다가 이 작은 구슬에는 대략 1~2서클에 해당하는 마법을 부여할 수 있는데, 전부 단일 표적을 효과적으로 해치우는 데 사용되었다.

케레니슨은 헤이슨 제국으로 잡혀가 죄수 생활을 하는 동안 이 마공장총에 대하여 공부하였다.

감옥 안에서 구할 수 있는 정보는 생각보다 많지 않았지만 헤이슨 제국의 감방 안에는 이미 마공총수가 꽤 많이 들어와 있었다.

덕분에 기본적인 지식과 자세를 익힌 그는 헤이슨 제국에서 탈옥하는 길에 마공장총을 20정 정도 훔쳐 서부해안으로 도망쳤다.

그는 서부해안에서 마공장총술을 연마하였고, 이제는 어느 정도 마력까지 컨트롤할 수 있는 경지에 이르렀다.

적들이 포획한 짐에는 정밀 분해한 마공장총이 들어 있기 때문에 짐칸까지만 무사히 도착하면 반드시 탈출할 수 있을 터였다.

그는 하루 종일 이음새를 벌리고 또 벌리는 일에만 집중했다.

끼릭, 끼릭!

그러다 어느 순간 신이 그의 손을 들어주었다.

따악!

"푸, 풀렸다!"

"두목!"

"…쉿! 조용히 해라! 일단 내가 나가서 마공장총을 탈취해서 에고스톤을 찾아보겠다. 너희들은 이곳에 아무런 일도 없는 것처럼 입 닥치고 있다가 내가 구하러 오면 함께 탈출하면 되는 거야."

"예, 두목!"

그는 탈옥의 기쁨을 안고 에밀리아호로 향했다.

*　　　*　　　*

에밀리아호 앞. 하진은 이제 막 탈옥을 감행하기 위해 달려오는 케레니슨을 바라보고 있었다.

그는 조용히 발걸음을 옮기면서도 연신 미소를 감추지 못하고 있었다.

"자유를 만끽하기 전의 표정이 저렇게 해맑다니, 해적도 사람은 사람인 모양이군."

"원래 해적은 자유 때문에 모든 것을 포기한 사람들입니다. 그것이 없다면 죽은 것이나 마찬가지죠."

만약 저들이 자유 대신 준법을 택했다면 지금쯤 어떤 삶을 살아가고 있을까?

하진은 그것에 대한 궁금증을 느꼈다.

"끝을 보면 알 수 있겠지."

이제 남은 것은 그를 잡아 죽이느냐, 끌어안느냐이다.

케레니슨은 마침 에밀리아호의 문이 열려 있음에 기쁜 마음으로 그 안으로 달려 들어갔다.

"하하, 하하! 역시 하늘은 날 버리지 않았군!"

그가 들어간 에밀리아호 안에는 원래의 모습 그대로 장총이 고스란히 놓여 있었다.

케레니슨은 장총을 챙긴 후 곧장 지하 선실로 내려갔다.

"이제 다 끝이다! 나를 건드린 것을 후회하게 만들어주마!"

아무래도 케레니슨은 지금 당장 배를 독에서 끌어내려 임시 막사를 포격하려는 모양이었다.

하지만 이미 하진이 에고스톤을 가지고 있으니 당연히 선실 바닥에는 아무것도 남아 있지 않을 것이다.

쿵쿵, 쾅!

"어, 어라?"

"해적이 노략질 말고 다른 것을 했다면 어땠을까 하는 생각을 잠깐 해보았다. 하지만 지금 네놈의 행동으론 도저히 답이 나오지 않는군."

"……"

"죽을 때가 다가왔다는 것은 익히 알고 있겠지?"

"…내가 이곳에 올 것을 어떻게 알고 있었지?"

"에고스톤이 바닥에 숨겨져 있다는 것을 알았다. 만약 내가 네놈이라면 에고스톤을 탈취하기 위해 만사 제쳐두고 이곳으로 왔겠지. 맞나?"

"빌어먹을."

하진은 그에게 선택지를 주었다.

"어차피 네가 배신을 선택했다는 것은 변함이 없다. 하지만 병사들은 너에게 선택의 기회를 한 번 더 주기로 했다. 만약 네가 이대로 우리의 군에 합류하여 장총수로 살아가겠다면 그리 해주겠다. 그러나 자유를 억압하는 대신 죽음을 선택하면 굳이 말리지는 않겠어."

"……."

가만히 생각에 잠겨 있던 그는 말 대신 총을 먼저 뽑었다.

철컥!

"…결국 죽음을 택한 것인가?"

"네놈들의 명령을 받느니 죽음을 택하겠다."

"자유라는 것이 그렇게도 중요한가?"

"우리는 제국의 억압에서 도망쳐 이곳까지 왔다. 그런데 너희들이 우리에게 하는 짓거리를 봐라. 그들이 하는 짓과 도대체 뭐가 다른가?"

"최소한 우리는 제국처럼 수탈과 억압은 하지 않는다."

"…수탈과 억압이 없다는 놈들이 우리의 발에 족쇄를 달고 자유를 빼앗았나? 해적의 영혼은 전함이다. 너희들이 팔아넘긴 그 전함에는 우리의 자존심이 걸려 있단 말이다."

그는 정말로 하진을 쏴 죽일 작정인 것 같았다.

"잘 가라. 너를 죽이고 나도 여기서 부하들과 함께 산화하겠다!"

역시 선장이라는 직책은 아무나 갖는 것이 아닌 모양이다.

타앙!

마력을 실은 탄환이 하진을 향해 날아왔고, 그 탄환에서는 녹색 기운이 스멀스멀 피어나고 있었다.

아마도 저 탄환에 사람이 맞으면 분명 죽음을 면치 못할 것이다.

"다크밤!"

티잉!

하진에게 위협이 닿을 때까지 선실 천장에서 대기하고 있던 엠블라가 작은 암속성 구슬을 발사해 탄환을 녹여 버렸다.

덕분에 하진은 위험에서 벗어났고, 케레니슨은 허탈한 듯 그 자리에 털썩 드러누웠다.

"그래, 죽여라. 나는 이제 여한이 없다. 젠장, 이럴 줄 알았으면 여자들이나 더 만나고 죽는 것인데."

자신을 죽이려 한 케레니슨에게 다가간 하진은 창을 들이밀었다.

척!

눈을 질끈 감은 케레니슨은 자신의 최후에 대한 생각으로 안면에 경련이 일어나고 있었다.

하진은 이쯤에서 창을 거두었다.

"이대로 죽이긴 아까운 배짱이군."

"…나를 죽이지 않으면 후회하게 될 텐데?"

"가라. 잡지는 않겠다. 너희들이 우리에게 한 일은 용서받을 수 없는 일이긴 하지만 너희들은 항복했고 우리는 너희들을 억압했다. 족쇄를 채우고 노예처럼 다룬 것은 우리의 명백한 잘못이다."

하진은 그에게 전함을 팔아 받은 돈을 건넸다.

"아직까지 배는 다른 사람에게 넘어가지 않았을 것이다. 가지고 떠나라. 그리고 다시는 우리 앞에 나타나지 않기를 바란다."

"우리를 살려주는 것인가?"

"그렇다."

"후후, 해적의 목숨을 살려주는 일이 얼마나 무서운 일인 줄 모르는 모양이군."

"그 언젠가 후회하게 될 수도 있겠지. 하지만 이번 싸움에선 내가 실수한 부분이 명백하다. 그에 대한 책임도 내가 져야지."

"화끈한 사내군."

케레니슨은 하진에게 장총을 건넸다.

"생각이 바뀌었다. 목숨을 빚졌으니 목숨 값을 갚을 때까지 일하겠다. 네가 나를 놓아주어도 아깝지 않겠다는 생각이 들 때까지 일하겠다. 그리고 네가 나를 더 이상 필요로 하지 않을 때, 그때 떠나겠다."

"부하들의 생각도 같을까?"

"우리에게서 족쇄를 풀어준다면 기꺼이 따를 것이다."

"대신에 이전처럼 사람들을 마구 약탈하고 강간하는 것은 불가능할 텐데?"

"자유에 대한 대가는 우리도 잘 알고 있다. 목숨을 빚졌으니 당연히 지킨다."

케레니슨은 품속에서 단도를 꺼내어 왼쪽 팔에 상처를 냈다.

촤락, 촤락!

그 상처는 하진의 이름인 가우스트의 첫 글자 'G'와 마지막 글자 'T'를 형상화시켰다.

"이로써 나는 낙인이 찍혔다. 이 낙인은 내가 떠날 때 지워다오."

"그래, 잘 알았다."

하진은 케레니슨과 악수를 나누며 고개를 들어 천장을 바라보았다.

그곳에 옅은 미소를 짓고 있는 테르니온이 있다.

'고맙습니다.'

'옳은 일을 한 걸세.'

아마도 테르니온은 하진에게 사람 다루는 방법에 대해 가르치고 싶었던 것인지도 모른다.

이로써 하진은 전직 해적인 장총수를 동료로 얻게 되었다.

제5장
동부 해협을 지나
자유의 땅으로 가다

항해 한 달째, 드디어 에멘트 공국의 영해권으로 들어왔다.

쏴아아아!

따뜻하고도 이색적인 파도가 하진과 주민들을 맞았다.

동부 해협은 기온이 따뜻하고 파도가 세지 않기 때문에 어획량이 많고 사람이 살기 좋은 편에 속한다.

하지만 화산 지대가 많은 다도 해협에 붙어 있는 암초 지대 때문에 이곳을 잘 아는 사람 없인 항해 자체가 불가능했다.

에멘트 해협에 닿은 에밀리아호로 한 무리의 함대가 다가오고 있다.

뿌우!

길고 묵직한 나팔 소리를 울린 함대의 망루에는 에멘트 공국의 해군 깃발이 걸려 있다.

"대장님, 에멘트 공국의 해군입니다!"

"드디어 목적지에 도착했군."

"해냈습니다! 진짜 자유의 땅으로 온 겁니다!"

"그래, 진짜 자유를 얻었군."

에멘트 해군은 에밀리아호 근처에 조용히 배를 대고 사다리를 통하여 군의 수뇌부들이 넘어왔다. 갑판 위로 나온 세실리아에게 다가온 그들은 땅에 무릎을 대고 부복했다.

쿵!

"왕녀님을 뵙습니다!"

"일어나세요. 공왕 전하께선 무탈하시지요?"

"물론입니다. 전하께서 마마를 무척이나 보고 싶어 하십니다. 어서 가시지요."

"그래요. 저도 빨리 전하를 뵙고 싶군요."

에멘트 해군의 총책임자인 아탈린이 하진에게 묵례를 올렸다.

"당신이 말로만 듣던 선단의 책임자 가우스트 경이시구려."

"반갑습니다. 가우스트입니다."

"전하께서 손님을 맞이하려 상다리가 휘어지게 식사를 준비했소. 먼 길을 오셨을 텐데 다 같이 만찬을 즐깁시다."

"고맙습니다."

키를 잡은 테르니온이 하진에게 물었다.

"어디로 배를 몰면 되겠나?"

"에멘트 해군을 따라가시지요. 그곳에서 보급품을 하역시키고 식사를 하는 것이 좋겠습니다."

"그래, 그렇게 하자고."

에밀리아호는 아탈린 함대의 호위를 받으며 에멘트 공국의 수도 알파리톨로 향했다.

에멘트 공왕성이 있는 알파리톨로 칼리어스 난민 800명과 병사들이 줄을 지어 들어섰다.

야자수와 열대 과일이 지천에 널린 알파리톨은 중부의 모습과는 확연히 다른 모습을 보여주고 있었다.

이곳의 집은 전부 나무와 짚단으로 지어 올렸으며, 비가 많이 오는 지역의 특성상 배수로 시스템이 아주 잘 갖추어져 있었다. 사람들은 전부 짧은 반팔이나 민소매 차림으로 돌아다니고 있었고, 부츠를 신은 사람은 상당히 드물었다.

지구의 풍경으로 따지면 남미의 모습을 직접 보는 것 같았다.

구릿빛 피부의 병사들을 따라서 야자수 길을 걷던 하진은 도열의 끝에 서 있는 공왕가를 볼 수 있었다.

그들은 에멘트 공국 특유의 피부색을 가지고 있으면서도 중부의 백인 특색도 가지고 있었다.

두 가문의 피가 적절히 섞여 있어서 미인과 미녀들이 즐비했고, 시녀들과 시종들 역시 전부 호감 가는 형이었다.

'이 나라 사람들은 다 미남 미녀구나.'

이곳으로 오는 길에 하진은 에멘트 공국 사람들이 꽤나 미남미녀이지만 사람 자체를 만나기 힘들다고 들었다.

그래서 에멘트에서 온 사람을 한 명도 구경하지 못했는데 직접 보니 눈동자가 개안되는 것 같았다.

세실리아 왕녀가 에멘트 공왕 세릭슨에게 인사를 올렸다.

"전하를 뵙습니다."

"공왕 전하를 뵙습니다!"

그녀를 따라서 하진과 800명의 칼리어스 주민들이 함께 부복했다.

세릭슨은 직접 그녀를 일으켜 세우며 말했다.

"무슨 한 식구끼리 격식을 따지나? 자자, 다들 자리에서 일어나게."

"영광입니다!"

세릭슨 공왕의 곁에 서 있던 칼리어스의 왕비 세실이 눈물 바람으로 그녀를 맞았다.

"흑흑, 세실리아!"

"어마마마!"

"이 고집불통 같으니! 도대체 아버지의 말씀을 어기고 왜 다시 그곳까지 돌아간 것이야!"

"…부친을 버리고 혼자 살아남은 딸이 되기는 싫었습니다. 그래서 그랬습니다."

"네 부친께선 나라를 지켜야 할 의무가 있기 때문에 남은 것이다. 그분은 자신의 신념을 지키기 위해서 그곳에 남은 거야. 우리를 보낸 것은 일말의 미련을 떨쳐내기 위해서였고."

"잘 압니다. 그래서 속죄의 의미로 제가 이곳까지 멀쩡히 살아서 왔지요."

모친과의 포옹이 끝나자 세릭슨 부부에게 다가가는 세실리아이다.

"할아버님, 할머님, 심려를 끼쳐드려서 죄송합니다."

"무슨 그런 소리를 하느냐? 네가 이곳까지 살아서 오기만을 밤낮으로 고대하고 있던 우리다. 네 삼촌들과 사촌들도 걱정이 많았단다. 오늘 함께 만찬을 즐기면서 지금까지 쌓인 피로를 풀거라."

"예, 할아버님."

이윽고 세릭슨은 고개를 푹 숙인 채 예의를 지키고 있는 하진과 그 일행에게 다가왔다.

"그대가 가우스트 경인가?"

"예, 전하!"

"가우스트 경의 명성은 익히 들었다. 내 손녀를 이곳까지 데리고 온 장본인이며 칼리어스 백성들의 지도자라고 하더군. 내 예상대로 역시 근골이 탄탄하고 형용할 수 없는 무장의 기운이 물씬 풍기는군."

"과찬이십니다."

세릭슨은 하진에게 손을 내밀었다.

"함께 가세. 그대와 할 얘기가 많아."

"영광입니다!"

적진에서 간신히 목숨을 건진 그들은 우호 세력의 요람으로 향했다.

*　　　*　　　*

에멘트 공성의 내부는 생각보다 단출하고 아담했지만 이곳저곳에 물이 순환되는 깨끗한 수로와 공용 수영장이 있어서 마치 워터파크를 보는 착각이 들게 했다.

시원한 물에 발을 담근 채 얼린 열대 과일을 먹는 주민들의 얼굴에는 행복감이 가득했다.

세릭슨은 하진에게 자신의 오른쪽 자리를 내어주었다.

"자, 앉게."

"어, 어찌 제가 감히······."

"앉게. 그대에게 할 말이 많대도?"

"과분한 영광입니다!"

하진이 오른쪽 자리에 앉자 그는 시녀들에게서 금색 술잔을 받아 하진에게 건넸다.

"한 잔 받게."

"성은이 망극합니다!"

"하하, 뭘 그렇게까지 격식을 차리나? 우리 에멘트 공국은 격식에서 자유로운 곳일세. 사람의 기분이 나쁘지 않을 정도라면 결례가 아니야. 그러니 너무 딱딱하게 굴지 말게."

"예, 전하!"

에멘트 공국의 귀족들은 전부 민소매 차림에 슬리퍼 같은 신발을 신고 돌아다니고 있었는데, 소탈한 모습으로 시민들과 잘 어울려 지내는 것 같았다.

'살기 좋은 곳이구나.'

하진이 느낀 에멘트 공국의 모습은 소탈하고도 인심 좋은 이웃사촌 같았다.

아마도 누구나 꿈꾸는 유토피아의 모습이 바로 이렇지 않을까 싶은 하진였다.

세릭슨은 하진에게 앞으로의 청사진에 대해 물었다.

"이곳까지 함께 동행하게 되면 200골드의 포상금과 함께 에밀리아호를 받아 떠나기로 했다면서?"

"예, 전하."

"그 이후의 계획이 궁금하군. 미리 짜놓은 청사진이 있나?"

"구체적인 계획은 없습니다만, 서부 해협이라면 저희들이 살 곳 정도는 있다고 생각합니다."

"그래, 누우면 내 집이라는 말도 있지."

"때마침 저희들의 함대에 뛰어난 항해사가 한 명 기용되어 서부해안까지 안전하게 갈 수 있을 것 같습니다. 배 한 척을 보급선으로 사용하고 기함에 사람들을 태워 서부까지 간다면 충분히 기틀을 잡을 때까지 버틸 수 있을 거라 생각합니다."

"자네들의 인생은 언젠가부터 투쟁의 연속이 되어버렸군."

"이 또한 운명이라고 생각한다면 억울할 것은 없습니다."

"하하, 젊은 피라서 그런데 긍정적인 생각을 가지고 있군그래."

"과찬이십니다."

그는 하진에게 잔을 권했다.

"아무튼 이 나라에 잘 왔네. 앞으론 우리가 자네들을 보호해 줄 테니 걱정 말고 지내도록 하게."

"감사합니다!"

세릭슨은 어쩌면 하진의 계획과 포부를 떠보려고 일부러 이런 질문을 한 것인지도 모른다.

그는 공왕이 준 술을 아주 경건하게 받아 마셨다.

*   *   *

늦은 밤, 에멘트 공국의 대소 신료 50명이 모여 세릭슨 공왕과 회의를 갖고 있다.

세릭슨은 아주 조용한 목소리로 신료들에게 물었다.

"작금의 피란사태에 대해 어떻게 생각하는가?"

"일단 패왕의 증표가 있느냐 없느냐에 따라 다르겠지요."

"패왕의 증표라……."

"헌데 그런 물건이 정말로 있는 것입니까? 그것은 그저 전설로만 내려져 내려오는 물건이 아닌지요?"

"정보통에 의하면 아나스타스 남작령의 난민들이 도륙당한 것은 모두 패왕의 증표 때문이라 하더구려."

"으음, 그렇다면……."

"적어도 저들에게 패왕의 증표에 대한 단서쯤은 찾을 수 있지 않을까 하는 생각이오."

세릭슨은 그들에게 패왕의 증표가 아닌 단순 난민 수용에 대한 의지는 어떤지 물어보았다.

"그렇다면 패왕의 증표 없이 단순히 난민만 수용한다는 것은 무리라는 것인가?"

"아무리 칼리어스의 시민들이 공주님과 관련되어 있다곤 하지만 이미 그 부군은 숨을 거두었습니다. 우리가 그들을 책임질 의무는 없다고 봅니다."

"예, 맞습니다. 더군다나 저들은 지금 전쟁에서 패배하여 원래는 다시 영지로 되돌아가야 합니다. 저들을 맞이하는 것은 국제법상으로도 맞지 않다고 생각합니다."

"흐음……."

"좋다, 그대들의 생각이 정 그러하다면 과인이 지정하는 구역을 저들의 자치령으로 주는 것은 어떻겠나?"

"자치령이요?"

"옹벽 너머 라펠트 군도가 어떻겠나?"

세릭슨의 의견에 신하들이 부정적인 견해를 보였다.

"그건 안 될 말입니다. 옹벽 너머로 이방인을 들이다니요, 어불성설입니다."

"그렇다면 저들을 그냥 돌려보내자는 말인가?"

바로 그때, 누군가 옹벽 밖의 세상에 대해 말했다.

"에멘트의 동쪽 아펠트 군도와 그 근방의 작은 섬들은 지금 사람이 살지 않고 있습니다. 그나마 옹성이 있기는 하지만 군사시설도 마땅히 구비되어 있지 않지요. 우리가 그곳을 개발하여 살기에는 손해가 크고, 그렇다고 멀쩡한 땅을 놀리는 것도 말이 되지 않으니 저들에게 자치령으로 주고 추이를 지켜보는 것이 어떻겠습니까?"

"흐음, 하긴 단 두 척이긴 해도 함대가 있는 세력이긴 하지요. 세력이 있다는 것은 생존에 조금 더 좋은 환경을 갖추게 된다는 뜻이기도 하지요."

"맞습니다. 만약 운이 좋아서 그곳을 개발할 수 있게 된다면 세금까지 기대해 봐도 좋지 않겠습니까?"

"그래요, 맞습니다. 생각해 보면 저들을 그냥 돌려보내는 것도 공주님의 위신과 믿음을 깎아내리는 것이니 자치령이 가장 좋은 방법인 것 같습니다."

신하들 중 한 명은 아펠트 군도 자치령에 대한 의견에 반대되는 의견을 냈다.

"그곳은 이미 사람이 살 수 없는 땅입니다. 그곳으로 그들을 보내는 것은 차라리 죽으라고 등을 떠미는 것만 못한 처사입니다. 차라리 서부로 떠날 때까지 우리가 데리고 있다가 순순히 보내주는 것이 좋다고 생각합니다."

"그렇다면 패왕의 인장은 어떻게 하란 말입니까?"

"아무리 패왕의 인장이 중요하다고 해도 1천의 인명을 그냥 죽음으로 몰아넣자는 말입니까?"

"으음……."

"그곳은 미치광이 마법사가 이미 쑥대밭을 만들어 버렸습니다. 지하에는 던전이 생겨났다는 보고도 있었습니다. 아마 지금쯤이면 각종 몬스터 때문에 농사는 고사하고 사람이 발을 붙이기도 힘들 겁니다."

"그건 그렇지만……"

세릭슨은 이 문제에 대해선 다시 논의하는 것이 좋겠다고 생각했다.

"이래선 밤을 새워도 끝이 없겠군. 일단 이 건에 대해선 추후에 논의하도록 하지."

"예, 전하."

피란민을 수용하는 문제를 처리하는 세릭슨의 얼굴에 깊은 주름이 틀이박혔다.

바로 그때, 세릭슨에게 전령이 당도했다.

쾅!

"전하! 전령입니다!"

"…무엄하다! 어느 안전이라고 문을 벌컥 여는가?"

"송구합니다! 하지만 사안이 워낙 급한지라……"

세릭슨은 그를 꾸짖는 신하들을 제쳐놓고 전령을 안으로 들였다.

"급한 사안이라……. 사안이 어떤데 그리 호들갑이냐?"

"아케인 왕국에서 함대를 보내왔습니다!"

"뭐라!"

"병력은 5천 규모로, 함대의 수는 수송함과 보급선을 합쳐 50척에 달한다고 합니다!"

"…많이도 쳐들어왔군."

"전하, 저들이 이제는 공국까지 넘보는 것일까요?"

"아니, 그렇지는 않을 것이다. 저들이 바보도 아니고 우리 공국과 전쟁을 벌여 좋을 것이 없다는 것을 잘 알고 있을 테지."

"그럼 왜……."

"아마도 패왕의 인장이 문제가 아니겠는가?"

"……!"

세릭슨은 아탈린을 불렀다.

"제독."

"예, 전하!"

"지금 당장 병력을 이끌고 아케인 왕국군에게 달려가 방문 목적을 묻고 오게나. 만약 불순한 의도가 있다면 침몰시켜도 좋네."

"명을 받듭니다!"

허가 없이 타국의 영해에 침범했다는 것은 전투 의지가 있다고 봐도 무방할 것이다.

세릭슨은 절대로 적의 침탈 의지를 가만히 앉아 좌시하는 왕이 아니었다.

"…피의 대가가 필요하다면 철저히 응징해 주지."

아탈린은 함대를 이끌고 서부 영해로 출동했다.

*   *   *

에멘트 공국령 서부 영해, 이곳으로 50척의 아케인 왕국 함대가 수도를 향해 배를 몰고 있다.

이들은 모두 백기를 내걸고 있기는 했지만 이것은 분명 영해를 침범한 범법 행위였다.

만약 세릭슨이 기동 타격을 선택하게 된다면 이들은 살아서 고향 땅을 밟을 수 없을 것이다.

아케인 왕국의 원정 함대장 제릭은 이 모든 것을 강행하고 있는 에네스에게 걱정스러운 얼굴로 물었다.

"…아무리 전하께서 하명하신 일이라고 해도 너무 지나치신 것 아니오?"

"무슨 뜻이오?"

"지금 이것은 그냥 자살을 하자는 것밖엔 안 된단 말이오. 에멘트 공국의 해군력은 동부 해협 최강이오. 잘못하면 이대로 수장된다는 것을 모른단 말이오?"

"그건 나도 잘 알고 있소. 하지만 시간이 없소. 우리가 강하게 나가지 않으면 저들은 우리와 협상할 생각도 하지 않을 것이오."

"……."

지금 에네스가 궁지에 몰렸다는 것은 잘 알고 있지만 이렇게 외골수처럼 구는 것은 도무지 납득할 수가 없었다.

제릭은 그에게 군대의 입장에 대해 표명했다.

"자꾸 이런 식으로 나온다면 당신을 저들에게 넘기고 우리는 본국으로 돌아가는 수밖에 없소."

"뭐요?"

"전하께는 당신이 에멘트 공국에 투항했다고 잘 전해두겠소."

"지금 나를 협박하는 것이오?"

"우리가 괜히 떼죽음을 당하는 것보다는 나은 선택이라고 생각하오만?"

"일이 이렇게 된다면 당신들도 무사하지는 못할 것이오."

"그래봤자 옷 벗고 군을 나가면 그만이오. 당신들처럼 나는 노예가 아니라 왕국의 전사거든."

"……."

에네스는 제릭 앞에 푸른색 막대를 꺼내놓았다.

"이게 뭔 줄 아시오?"

"이건……."

"왕세자 전하께 직접 연결되는 마정석이오. 전하께선 내가 떠나기 전 이 마정석을 건네시며 이렇게 말씀하셨소. '만약 군대가 반역을 일으킨다면 마정석을 부러뜨려'라고 말이오."

"……."

"이게 부러진다면 당신들은 살아서 고국 땅을 밟을 수 없을 것이오. 구족을 멸하고 재산은 모두 국가로 회수될 것이오. 만약 운이 좋아 도망친다고 해도 동맹국 전역에 현상 수배가 붙어 사람처럼 살 수는 없을 것이외다."

제릭은 지금 에네스가 하는 말이 전부 사실인지 아닌지 가늠할 수가 없었다.

하지만 만에 하나라도 그의 말이 사실이라면 자신의 가족 목숨이 경각에 달렸다고 볼 수 있었다.

"항명은 사형이고 멸문지화로 다스리는 중죄요. 어떻게, 항명을 하시겠소?"

"…원하는 것이 뭐요?"

"협상에서 우선권을 얻을 수 있는 것은 기세요. 우리가 저들 도시에 배를 댈 수 있도록 분위기를 만들어야 한다는 말이지."

"좋소, 영해로 들어가 무력시위를 하면 되는 것이오?"

"무력시위를 할 것도 없소. 저들이 바보가 아닌 이상 함대를 이끌고 올 것이오. 그렇게 되면 함포 몇 대만 맞고 돌아가면 되오. 그게 다요."

"…알겠소. 그렇게 하리다."

제릭은 울며 겨자 먹기로 그의 말에 따르기로 했다.

제6장
또다시 방랑

에멘트 해군 사령관 아탈린은 백기를 내건 채 거침없이 전진하는 함대를 바라보며 인상을 확 일그러뜨렸다.

"…겁이 없군. 죽고 싶어 환장한 모양이다."

"제독, 어떻게 할까요? 발포할까요?"

지금 저들이 백기를 내걸고 있다곤 해도 중무장한 함대가 국경을 넘었다는 것은 무력시위나 다름이 없었다.

이것은 명백한 도발 행위로, 지금 이대로 저들을 보내주었다간 나중에 무슨 화가 돌아올지 아무도 모른다.

"전속력으로 저들의 측면으로 돌격한다."

"예, 제독!"

에멘트 해군의 플라시프 캐논은 사거리가 짧은 대신 포신 세 개가 겹쳐 교차 사격이 가능하다.

때문에 일반적인 해상 전력에 비해 캐논의 발사 속도가 무려 세 배나 빠르다는 것이 장점이었다.

만약 근거리에서 에멘트 해군과 접전을 벌인다면 전함 몇 대는 순식간에 파괴될 것이다.

그는 전 병력에게 비상 전투태세를 갖추도록 하고 후열의 전함 열 척에 장착된 장신포 200문을 가동시키기로 했다.

"장신포를 발사하라!"

"장신포, 발사!"

끼릭, 끼릭!

적군과의 거리는 대략 1㎞, 이 정도면 장신포의 사거리에 충분히 도달할 것이다.

에멘트 해군의 전함은 좌측면에 장신포 20문을 장착하고 있기 때문에 중장거리에서 엄청난 화력을 뿜어낼 수 있다.

"발사!"

파바바바바방!

일렬로 늘어선 후열 장신포 함대가 불을 뿜자, 적의 함대 선발대가 출렁이며 충격을 받았다.

"제독, 명중입니다!"

"이대로 전진해서 플라시프 캐논으로 응수한다."

"예!"

플라시프 캐논은 장신포보다 사거리가 짧기 때문에 적의 측면으로 파고드는 돌격대형에 많이 쓰인다.

에멘트 해군의 선발대는 플라시프 캐논으로 사격하며 적진으로 파고들었다.

펑펑펑펑펑!

가공할 만한 화력을 지닌 에멘트 해군에게 정면으로 두드려 맞은 아케인 왕국의 함대는 서둘러 영해를 벗어나고 있었다.

하지만 에멘트의 함대는 포격을 멈추지 않았다.

"계속해서 사격하라!"

"예, 제독!"

에멘트 공국은 자신의 영토를 침범한 적에게 가차 없는 형벌을 내렸기에 지금까지 살아남을 수 있었던 것이다.

이 세상 그 누구보다 단호한 그들의 방어는 적군의 도발 의지를 꺾기에 충분했다.

                    *   *   *

에멘트 해군에게 정면으로 함포를 두드려 맞은 제릭은 비통한 표정으로 후퇴를 거듭하고 있다.

"…빌어먹을! 플라시프 캐논의 위력이 이 정도일 줄이야!"

"그래도 이 정도면 명분은 만든 셈이오. 다소 피해는 있었지만 우리가 가질 수 있는 카드가 더 많이 생긴 셈이지."

"……."

제릭은 에네스의 멱살을 틀어쥐었다.

턱!

"뭐, 뭐 하는 짓이오!"

"당신들은 전쟁이 장난일지 몰라도 우리는 아니오! 우리는 먼 고향 땅에 가족을 둔 채 사지로 나와 목숨을 건 싸움을 하고 있단 말이오! 당신의 병정놀이 때문에 내 부하들이 도대체 몇 명이나 죽고 다친 줄 알고 있소?"

에네스는 고개를 푹 숙인 채 말했다.

"대를 위한 소의 희생은 필요한 법이오."

"그런 희생이 필요했다면 당신은 왜 진즉 죽지 않은 것이오?"

"……."

"당신이 죽었다면 내 부하들도 안 죽었을 것이고 그대들의 백성도 죽지 않았을 것이오! 결국 당신들이 죽지 않아서 일이 이 지경까지 된 것이란 말이오! 아시겠소? 무능한 폭군은 차라리 없는 것만 못하단 말이외다!"

제릭의 일침에 에네스는 잠시 할 말을 잃었지만 언제까지나 의기소침해 있을 여유는 없었다.

"나에겐 우리 가족만이 소중하오. 나머지는 아무래도 상관이 없소. 그러니 나에게 설교할 생각이라면 목숨을 걸어야 할 것이오."

"…뼛속까지 쓰레기군."

"이 세상에 쓰레기 아닌 사람도 있소? 당신들, 아케인의 귀족들이 보기엔 살아 있는 모든 것이 하찮을 것이오. 당신도, 나도, 병사들도."

"……."

"아무튼 이 사실을 본국에 알리고 에멘트의 적대적 도발에 대해 알리시오. 우리는 중무장은 했지만 절대로 공격 의도가 없었고 그저 탐사를 위해 이곳에 왔었다고 말이오."

"지금 에멘트와 전쟁을 일으키자는 소리요?"

"아니, 우리가 제1협상단으로 저들과 접촉할 수 있는 기회를 얻는 것이오. 본국에선 지금 이곳까지 병력을 급파할 여력이 없을 것이오. 만약 그렇다고 해도 꽤 오랜 시간 걸릴 것이기도 하고. 그러니 우리가 저들과 협상하여 얻어낼 것만 얻어내면 된다는 소리지."

"흠……."

"이보다 더 좋은 방책이 있을 수 있겠소이까?"

제릭은 에네스의 말에 한 가지 의문을 품었다.

"그런데 말이오, 만약 당신의 말이 틀렸다면, 만약 그렇다면 어떻게 되는 것이오?"

"그건……"

"저들에게는 그 패왕의 인장이라는 것이 꼭 있어야 하오. 만약 그렇지 않다면 우리는 본국으로 돌아가도 어차피 죽을 것이오."

에네스는 고개를 끄덕였다.

"있소, 아니, 없어도 있도록 만들어야 하오. 그렇지 않다면 내가 지금까지 살아남은 이유가 없어진단 말이오."

"꼭 그렇게 해주시오."

제릭은 배를 몰아 가까운 우방국 항구로 향했다.

*　　　　*　　　　*

에멘트 공국령 에피로스 해안가 칼리어스 난민촌.

하진은 부하들과 함께 지금 서부해안에서 일어나고 있는 교전에 대해 전해 들었다.

"적의 함대가 무차별 포격을 맞고 돌아섰답니다."

"…큰일이군. 이대로라면 우리가 위태롭게 되겠어."

걱정스러운 얼굴의 하진에게 부하들이 물었다.

"역시 우리가 패왕의 인장을 가지고 있다고 믿는 것일까요?"

"아마도 그렇겠지."

"…도대체 그놈의 증표인지 뭔지가 얼마나 중요한 물건이기에 이 난리를 피우는 것일까요?"

실제로 패왕의 인장을 몸속에 지니고 있는 하진으로서는 부하들에게 너무나 미안한 마음일 뿐이다.

하지만 이제 와서 자신의 몸에 패왕의 인장이 있다는 사실을 말해도 믿을 사람은 아마 없을 것이다.

하진은 앞으로 공격대와 주민들이 나아가야 할 방향에 대해 생각해 볼 수밖에 없었다.

"우리는 패왕의 증표를 가지고 있지 않고, 저들은 우리에게 그것을 원하고 있다. 그렇다면 저들은 아나스타스 남작령에서 일어난 살육처럼 우리를 죽이려 들 것이 뻔하다."

"그럼 어떻게 할까요? 이대로 도망쳐야 합니까?"

"그게 상책이겠지."

"하지만 상황이 이렇게 되어버렸으니, 에멘트 공국에서도 우리를 쉽사리 놓아주지는 않을 겁니다."

"그렇지만 무턱대고 자신들의 영토에 우리를 귀속시켜 주는 일은 더더욱 없을 테지."

"…복잡한 상황이군요."

하진은 세계전도에서 에멘트 공국령을 펼쳐 동부 해안을
가리켰다.

"제독."

"말하게."

"에멘트 공국령의 이곳 동부 해안은 원래 유배지였다고 하
셨지요?"

"그랬지. 미치광이 마법사가 그곳을 몬스터 천지로 만들어
버렸다더군."

"그럼 인간이 살 수 있는 영역은 아니겠군요."

"그렇긴 하지만 옹성 너머의 땅은 아마도 인간이 기를은 잡
을 수 있을 걸세. 내가 이곳 동부 해협으로 처음 항해를 왔을
때만 해도 그곳은 사람의 흔적이 있었어."

"흠……."

테르니온은 자신의 풍부한 항해 경험을 통하여 이 세상의
지식을 하진에게 전해주고 있었다.

그중에서도 하진을 가장 흥미롭게 만든 것은 다름 아닌 에
멘트 공국령의 폐허 군도였다.

대륙 최고의 마법사이자 희대의 정신병자이던 이그리스는
연금술에 미쳐서 마구잡이로 키메라와 소환 몬스터들을 생산
해 냈다.

그로 인하여 에멘트 공국은 거의 멸망 직전까지 몰렸고, 간

신히 그 몬스터들을 몰아내고 이그리스를 체포하여 동부 해협 아펠트 군도로 유배를 보낸 것이다.

원래대로라면 목숨을 끊어버렸어야 하지만 이그리스는 에멘트 공국의 왕손이었기 때문에 생사 피탈을 할 수 없었던 것이다.

그리하여 그는 아펠트 군도에 처박혀 평생 미치광이처럼 괴물이나 연구하게 되었던 것이다.

에멘트 공국에선 최고의 사냥꾼 100명을 아펠트 군도로 파견하여 이그리스를 감시하고 그 연구실을 발견하는 족족 파괴하도록 했다.

하지만 그의 연구실은 파괴가 되어도 끝도 없이 몬스터를 소환하고 키메라를 생성해 내어 결국은 그곳을 던전의 형태로 바꾸어 버렸다.

지금도 아펠트 군도에 있는 150개의 크고 작은 섬들에는 몬스터들이 우글거리는 던전이 즐비했다.

그곳으로 사람이 다가간다는 것은 몬스터들을 자극하여 죽음을 자초하는 일이 분명했다.

하진은 아펠트 군도를 가리키며 말했다.

"이곳으로 갑시다."

"…자네 지금 제정신인가? 다 같이 죽자는 소리야?"

"저들이 에멘트 해협까지 왔다는 것은 이미 서부로 가는 길목이 꽉 막혔다는 소리입니다. 그렇다면 우리가 선택할 수 있는 길은 별로 없습니다. 죽음이나 죽음에 준하는 곳으로의 유배, 이 둘 중에서 하나를 골라야 하지요."

"……."

그는 공격대에게 의중을 물었다.

"나는 협상을 통하여 아펠트 군도를 얻을 수 있다. 만약 그렇게 된다면 다시 끝도 없는 레이드를 통해 생존을 보장 받을 수는 있다. 어떤가? 생존에 사활을 걸어보겠나?"

"…다른 길은 없습니까?"

"또다시 방랑자가 되는 길은 있지만 언제 바다에서 적의 포격을 맞아 죽을지 모른다."

"으음……."

테르니온은 가만히 하진의 의견을 곱씹어 보더니 이내 고개를 끄덕였다.

"좋아, 한번 해보지."

"제독께서도 제 의견을 존중해 주시는 겁니까?"

"자네가 우리의 지도자인데 그만한 심사숙고는 했겠지. 그리고 이럴 때 쓰라고 내가 아이온 캐논까지 가지고 온 것 아니겠나?"

라스리를 떠나면서 테르니온의 비밀창고에서 아이온 캐논과 특수포탄을 가지고 온 덕분에 지금 하진의 군대는 꽤 많은 무기를 가진 상태였다.

그것을 운용할 사람이 별로 없다는 것이 문제이긴 했지만 수성을 하는 데에는 큰 문제가 없을 것이다.

병사들이 테르니온의 말에 동조했다.

"어쩔 수 없다면 대장님을 따르겠습니다."

"맞습니다. 대장님께서 우리를 이끌어주시겠지요."

"모두들 고맙다."

부하들의 신뢰를 등에 업은 하진은 끝장으로 내몰린 협상 테이블로 향했다.

                    *   *   *

에멘트 공국 서부 해협에서의 전투가 일어난 후, 공국 내 민심은 급격하게 흉흉해지기 시작했다.

이 모든 사건이 전부 칼리어스의 난민 때문이라는 소문이 돌았기 때문이다.

하진은 이 모든 사건과 소문을 정리하기 위해 공왕성을 찾았다.

척!

세릭슨 앞에 부복한 하진에게 신하들이 먼저 몇 마디 건넸다.

"…이곳을 직접 찾아오다니, 담이 좋다고 해야 하나?"

"아니, 그보다는 뻔뻔한 것이 아니겠소?"

"그만하라. 아직 너희들의 왕이 입을 열지도 않았노라."

"소, 송구합니다!"

그는 아주 진중한 얼굴로 하진을 맞았다.

"그래, 나를 찾아온 이유가 있을 터, 무슨 연유에서 이곳까지 직접 온 것인가?"

"부탁을 드리고 싶어서 왔습니다."

"부탁이라?"

"일전에 소인에게 원하는 것이 있다면 무엇이든 한 가지 말하라고 하셨습니까?"

"그랬지."

"저희 칼리어스 난민에게 아펠트 군도를 주십시오."

"……?"

세릭슨은 하진에게 아펠트 군도의 정체에 대해 설명했다.

"자네, 그곳이 어떤 곳인지 알고는 있나? 그곳은 인간이 살 수 없는 금역일세."

"예, 잘 알고 있습니다. 하지만 저희들이 지금 갈 수 있는 곳이 많지 않습니다. 만약 저들이 칼리어스의 난민들을 원한다면 어쩔 수 없이 목숨을 내어주어야 할 겁니다. 아무리 저희들이 죄가 없다고 해도 저들은 공국의 말을 믿어주지 않을 테니 말입니다."

"흐음."

"만약 윤허해 주신다면 지금 당장 짐을 싸서 군도로 떠날 준비가 되어 있습니다."

세릭슨은 하진의 눈을 똑바로 응시하면서 말했다.

"진심인가? 그곳으로 간다는 그 의지 말이다."

"예, 전하."

에멘트의 신하들은 안 그래도 하진을 군도로 보내고 싶어 하던 찰나에 아주 잘되었다며 춤이라도 출 기세이다.

"하하, 역시 가우스트 경의 배짱은 알아주어야 한다니까! 전하, 가우스트 경에게 상이라도 내려야 하는 것 아닙니까!"

"맞습니다! 만약 허하신다면 저희들 가산을 조금씩 모아 보급품을 전달해 주고 싶습니다!"

"……."

그는 신하들의 설레발을 뒤로한 채 하진에게 물었다.

"좋아, 그렇다면 단도직입적으로 묻겠다. 그대가 패왕의 인장을 가지고 있나?"

순간, 다소 시끄럽던 조정이 찬물을 끼얹은 듯 조용해졌다.

하진은 그의 눈을 똑바로 응시하며 말했다.

"송구합니다만, 저희들은 패왕의 인장이 어떻게 생긴 물건인지도 모릅니다. 그저 학살을 피해 이곳까지 온 것뿐입니다."

"진실인가?"

"그러합니다."

세릭슨은 고개를 끄덕였다.

"좋다, 그대들의 무고함은 잘 알겠다. 만약 원한다면 더 좋은 땅을 줄 수도 있다."

"아닙니다. 아펠트 군도면 만족합니다."

"그래, 알겠다. 그대가 원한다면 아펠트 군도를 칼리어스 난민의 자치령으로 지정하겠노라."

"성은이 망극합니다!"

"여봐라, 칼리어스 난민에게 아펠트 군도 자치민의 신분을 내리고 그곳을 이들에게 인계하라."

"예, 전하!"

세릭슨은 복잡 미묘한 표정을 짓고 있었지만 그의 신하들은 손뼉을 치며 좋아했다.

'그래, 눈엣가시는 사라져 주마.'

왕가를 잃은 백성들은 보호 받을 세력이 없다는 뜻이다.

하진은 언젠가 자신이 떳떳하게 백성들을 보호할 수 있는 사람이 되겠노라 다짐했다.

*   *   *

에멘트 공국에서의 포격전에 대해 보고 받은 라이오니슨 왕세자는 원정군정을 소집하고 현재 동부 해안으로 파견 나가 있는 병력에 함대를 보충할 수 있는 권한을 발의했다.

이미 중앙대륙에 파견되어 있는 병력의 숫자가 10만이 넘어가는 상황이기에 본국에서 보충할 수 있는 최대한의 병력을 전부 동부로 보내기로 한 것이다.

하지만 그에 대한 귀족들의 반발이 만만치 않아 실질적인 파병은 어려울 것으로 보였다.

아무리 라이오니슨 왕세자가 군부의 인기를 독차지하고 있다곤 해도 귀족들이 파병을 해주지 않으면 병권을 행사할 수 없었다.

그는 형제들에게 조금 더 압박을 해보았지만 왕자들로서도 더 이상의 압력 행사는 불가능했다.

둘째 왕자 라이너스는 왕세자 라이오니슨의 부름으로 중앙대륙까지 직접 행차했다.

그는 친형 라이오니슨의 부름이 무엇을 뜻하는지 너무나도 잘 알고 있었다.

라이오니슨은 바짝 날이 선 투로 라이너스에게 말했다.

"…이 형은 전장에서 죽을 똥을 싸고 있는데 동생이라는 녀석이 귀족들 헛바람 하나 잠재우지 못한단 말이야?"

"나도 후방에서 죽을 둥 살 둥 노력하고 있었다고. 너무 나무라지 마."

"쓸모없는 녀석 같으니!"

라이오니슨은 유약한 동생 때문에 어려서부터 심적 압박감과 책임감을 이겨내야만 했다.

만약 그렇지 않으면 차비와 후궁들의 자식들이 자신과 동생의 자리를 노리고 들어올 것이 뻔했기 때문이다.

그가 군이 총사령관의 자리에 앉아 군권부터 손에 쥔 것도 바로 그런 이유에서였다.

군부의 수장이자 왕도 최고의 지략가인 그에게 동생은 아픈 손가락이자 유일한 약점이었다.

물론 라이너스의 정치적 수완이 뛰어난 탓에 지금의 군대를 일으킬 수 있었지만 그는 야심이라는 것이 없었다.

"이 원정은 우리 형제와 어머니를 위한 것이다. 네가 힘을 내지 않으면 우리 세 모자가 설 자리가 또 없어진다는 소리다. 알겠냐?"

"최선을 다해 볼게. 하지만 귀족들이 패왕의 인장 자체에 대해 의심하고 있어. 그 인장, 정말로 있는 것 맞지?"

"…너는 이 형이 거짓말을 한다고 생각하는 거냐?"

"나는 가족을 믿어. 아바마마는 몰라도 형과 어머니는 무슨 일이 있어도 믿는단 말이지. 하지만 저들에게 형은 가족이 아니야."

"빌어먹을 귀족들!"

라이너스는 그에게 더 이상 개입은 금물이라고 못을 박았다.

"아바마마께서 패왕의 인장에 대한 확신을 잃고 계셔. 만약 차기 왕권에 대한 안정 때문이라면 이제 그만 포기하라고 말해주고 싶어. 지금도 형은 그 어떤 사령관도 해내지 못한 일을 해냈다고. 그 누가 중앙대륙에 식민지를 세울 수 있었어? 그것은 선왕들께서도 이루지 못한 숙원이야."

"…너는 모른다. 아바마마는 나를 쳐내고 새로운 왕세자를 책봉하고 싶어 하셔."

라이오니슨의 눈동자에 불안이 가득 차자 라이너스가 결연한 목소리로 말했다.

"내가… 그 모든 원흉을 없애줄게. 형은 이제 더 이상 무리하지 말고 자신의 자리를 지켜."

"……?"

"그 망국의 왕세자라는 놈이 지금 어디에 있다고?"

"동부 카시온 왕국에 함대를 정박하고 있다고 하더군."

"좋아, 내가 그놈을 데리고 와서 차비네 집안부터 아주 풍비박산을 내놓겠어."

"…풍비박산을 낸다고?"

"두고 봐. 우리 형제에게 고통을 준 그 연놈들을 족쳐 버릴 테니까."

라이너스는 라이오니슨에게 미소를 지으며 말했다.

"간만에 꿀차에 술이나 한잔하자. 내가 외할머니 댁에서 꿀
차를 가지고 왔어."

"…그래."

두 사람은 비극적인 어린 시절을 함께 보냈고, 마치 자웅동
체처럼 서로를 보듬으면서 살아왔다.

그렇기 때문에 형제는 서로가 서로를 의존해 살아왔다.

라이너스는 자신이 형을 잃게 되면 어떤 사람이 될지 잘 알
고 있기 때문에 형을 제어하려는 것이다.

그런 동생이 나약하다곤 하지만 라이오니슨도 동생이 없다
면 자신의 군대도 없다는 사실을 잘 알고 있었다.

"…내가 너에게 재상의 자리를 줄 것이다. 꼭, 꼭……."

"그래, 잘 알고 있어. 형은 전제군주, 나는 재상. 반드시 이
뤄달라고."

"…술이나 한 잔 줘봐."

"응."

형제는 조금 풀어진 얼굴로 술잔을 나누어 마셨다.

*   *   *

마정석 통신 기구로 원정군 사령부로 통신을 보낸 동부 해안 원정대는 당혹감을 감출 수 없었다.

"제2왕자께서 직접 오신다니……."

"이게 도대체 어떻게 된 일이오? 왜 그분께서 이곳까지 오신단 말이오?"

"…내가 그걸 어찌 알겠소?"

아케인 왕국의 둘째 왕자 라이너스는 유약하고 부드러운 성품을 가졌다고 소문이 나 있지만, 그것은 그를 잘 몰라서 하는 소리다.

평소에는 아주 인자하고 너그러운 인품을 가진 학자처럼 보이지만 자신의 가문을 건드리는 날엔 가차 없는 냉혈한으로 변한다.

지금까지 무조건적인 배척 행위로 왕세자에게 대적한 귀족 중 멀쩡하게 살아남은 사람이 아무도 없었다.

그나마 고위귀족들이 살아남긴 했지만 평생 기억에서 지울 수 없는 끔찍한 일을 경험했다.

레미오스 왕이 두 형제와 귀족들의 균형을 맞추기 위해 중재하지 않았다면 지금쯤 어떤 사태가 일어났을지는 아무도 모른다.

그는 아케인 왕국에서 백성들의 인기를 가장 많이 받고 있는 정치인이지만, 조금이라도 정계에 연이 있는 사람이라면 그를 꺼리게 마련이다.

제릭은 그가 이곳에 온다는 것이 과연 무슨 의미인지 머리가 깨지도록 고민해 보았다.

"…도대체 뭘까? 왜 굳이 이곳까지 오신다는 걸까?"

"그때까지 우리는 뭘 어째야 하오?"

그는 에네스에게 진심 어린 눈으로 말했다.

"아무것도 하지 마시오. 그냥 아무것도 하지 말고 가만히 있으란 말이오."

"……?"

"그분께선 가차가 없소. 혹시 라이오니슨 왕세자 전하를 뵌 적이 있소?"

"물론이오. 저번에 직접 보시 않았소?"

"…내가 생각하기엔 그분보다 이분이 훨씬 더 무서운 사람이라고 생각하오."

"흐음."

"아무튼 이번 행동으로 인해 에멘트 공국에 발언권을 얻은 것은 잘한 일이라고 생각하오. 아마도 그것이 아니었다면 그분께서 오시는 것이 아니라 헌병대가 왔을 것이 분명하오."

"그것 참 다행이구려."

에네스는 도대체 상황이 어떻게 돌아가는 것인지 모르겠지만, 자신이 선택이 역시 틀리지 않았다고 생각했다.

'제2왕자라……. 차분한 왕자라고 들은 것 같은데. 나와 얘기가 잘 통할 것 같기도 하고……'

그는 어쩌면 라이너스와 말이 잘 통해서 의기투합할 수 있을지도 모른다는 상상을 해보았다.

*　　　　*　　　　*

이른 아침, 하진의 함대는 보급품을 싣고 아펠트 군도로 향할 준비를 서두르고 있었다.

세실리아 왕녀는 하진을 며칠 더 붙잡고 싶은 모양이다.

"이곳에 좀 더 있다 가세요. 사촌들에게 말해두었어요."

"아닙니다. 우리가 있을 곳은 이곳이 아닙니다."

"…당신들은 내 백성들입니다. 아무리 아버지께서 돌아가셨어도 내게는 당신들을 돌볼 의무가 있다고요."

"이제 그런 의무는 더 이상 없습니다. 그러니 너무 괘념치 마십시오."

세실리아는 분명히 칼리어스의 왕녀이긴 하지만 아나스타스 남작령에 있던 주민들이 그녀의 휘하로 귀속되지는 않는다.

칼리어스는 멸망했고 왕가의 명맥은 왕자 한 명 없는 상태로 끊어졌기 때문이다.

지금과 같은 상황에선 하진이 그들을 규합하여 이곳까지 온 것이니 오히려 그에게 지휘권이 있다고 보는 것이 옳았다.

더군다나 지금 칼리어스의 난민들이 에멘트에 눌러앉는 것은 이 모녀에게 짐만 될 뿐이다.

괜히 두 모녀에게 폐가 될 바엔 서둘러 이곳을 떠나는 것이 옳았다.

하진은 그 사실을 무척이나 잘 알고 있기에 서둘러 자리를 비켜주려는 것뿐이다.

"자치령에 붙박이로 살아갈 수 있게 해주신 은혜는 반드시 갚을 겁니다. 그때 공주님의 은혜도 함께 갚겠습니다."

"가우스트 경……."

"아 참, 그리고 아이의 대부는 이제 많은 친척들이 대신 서줄 테니 저의 성씨는 버리는 것으로 하시지요."

그녀는 하진의 손을 잡았다.

"…꼭 난민에게만 당신이 필요한 것이 아니에요. 아무리 외가라고 해도 내 편이 필요하단 말이에요."

"저는 언제나 공주님의 편입니다. 만약 마마께 무슨 일이 생긴다면 만사를 제치고 달려올 것임을 약속드리겠습니다."

"……."

이제 하진은 더 지체할 것 없이 닻을 올렸다.

"출항하라!"

"예, 대장님!"

하진은 자신에게 기회의 땅이 될 아펠트 군도로 향했다.

*   *   *

칼리어스의 난민들이 아펠트 군도로 떠날 무렵, 에멘트 공왕성에 이상한 소식이 날아들었다.

"…저들이 서쪽 해안에 머물고 있다고?"

"예, 전하. 아케인 왕국의 제2왕자가 이곳으로 온다는 전갈을 받고 정박 중이랍니다."

"제2왕자라면 그 유약하고 성품이 부드럽다는 사람 말인가?"

"그렇습니다. 하지만 지금은 정치적 역량이 꽤 커서 실세라는 소리도 듣는답니다."

"형제가 아주 쌍으로 다 해먹는군."

"그래야 차후의 왕권이 강력하게 유지되지 않겠습니까?"

"아무튼 저들은 떠났고, 우리는 이번 사건에서 손을 떼는 것으로 하지. 경들의 생각도 같나?"

"예, 전하."

"하지만 전하, 가우스트 경의 말을 100% 다 믿기는 힘듭니다. 이 세상 누가 목숨을 걸고 패왕의 증표를 가지고 있다고

증언하겠습니까?"

"맞습니다. 조금 더 저들을 지켜보도록 하시지요."

"흐음."

"만약 허하신다면 레인저를 파견하도록 하겠습니다."

그는 고개를 가로저었다.

"아니다. 레인저보다는 반년에 한 번씩 사절단을 보내는 것으로 하지."

"하, 하지만……."

"만약 저들이 거짓말을 하고 있다고 해도 어쩔 도리가 없다. 그렇다고 저들을 다 죽여서 사실을 확인할 것인가?"

"…아닙니다."

"그렇디면 내 말대로 하라. 사설단은 왕래하면서 저들의 상황이나 새로운 소식 등만 알아서 돌아오면 된다."

"예, 전하."

세릭슨은 앞으로 가우스트의 행보가 무척이나 기대되는 눈치였다.

"과연 저들이 어떤 기적을 이뤄낼지 참으로 궁금하군."

늙고 현명한 그의 눈동자에 깊은 이채가 서렸다.

제7장
기회와 죽음의 땅

　에멘트 동부 해안가를 따라 일주일 정도 배를 몰아야 도착할 수 있는 아펠트 군도는 150개의 크고 작은 섬이 넓게 포진하고 있다.

　이곳은 경작지로 사용할 수 있는 땅이 꽤 많기는 하지만 잦은 태풍으로 인하여 곡식을 수확하기 전에 낱알이 떨어져 매번 흉년을 맞았다.

　농사는 짓기 힘들지만 어획량은 그 어떤 곳보다 월등히 많았기 때문에 과거에는 에멘트 최고의 황금어장으로 불리기도 했다.

하지만 세계대전이 일어난 후엔 이곳의 주민들이 전부 에멘트 본성으로 이주하여 사람이 살지 않는 땅이 되어버렸다.

하진은 돌이끼와 따개비가 다닥다닥 붙어 있는 아펠트 군도의 요새 앞바다에 배를 정박시켰다.

그는 대략 15㎞ 정도 펼쳐진 아펠트 군도의 요새를 바라보며 씁쓸하게 웃었다.

"어디를 가나 일거리는 널려 있게 마련이군."

"하지만 그래도 이게 어디입니까? 옹성이 있다는 것은 각종 시설물을 세우기 좋다는 뜻 아니겠습니까?"

"그래, 그렇게 생각하면 나쁠 것이 없지."

해변에서 조금 떨어진 옹성의 뒤편으론 수풀 지대가 형성되어 있어서 그곳의 나무를 모두 벌목하고 땅을 다지면 집을 짓고 살 수 있을 것 같았다.

하진은 배를 해안가 깊숙한 곳까지 끌어올려 놓곤 총 1천 명의 인원을 전부 옹성 안으로 들어가도록 지시했다.

"경계병 열 명을 제외한 나머지는 모두 집을 짓는 데 동원하도록 한다. 일단은 에멘트에서 가지고 온 자재들로 집을 짓고 추후에 난방 공사를 진행해서 겨울을 대비하도록 하자고."

"예, 알겠습니다."

에멘트 동부 지대는 겨울에 기온이 상당히 떨어지기 때문에 더 추워지기 전에 방비를 해놓지 않으면 낭패를 볼 것이 뻔했다.

일단 통나무를 이용해 집을 짓고 추후에 내부에 난로를 설치하고 마감재를 바르면 겨울을 나는 데 충분할 것이다.

우선 하진은 임시 막사를 치고 나무부터 전부 다 벌목하기로 했다.

이른 아침, 하진은 주민들과 함께 벌목 작업을 이어나가고 있었다.

슥삭, 슥삭!

두 사람이 발을 붙이고 톱질을 하면 주변에 있는 사람들은 이미 베어진 나무를 손질하여 소달구지와 마차를 이용해 옮기는 작업을 했다.

나무를 베고 나면 이 목재를 적당한 크기로 손질하고 시공이 가능할 정도로 말려 코팅하는 작업을 해야 하기 때문에 작업장은 꽤 넓었다.

넓게 분포한 작업장의 땅바닥은 코팅과 건조작업으로 인해 평평하게 다져 있으니 그 위에 주춧돌을 얹고 바닥 공사를 하면 집터로 사용할 수 있을 것이다.

하진은 앞으로의 계획을 생각하면서 작업하지 않으면 겨울이 오기 전까지 결코 작업을 마칠 수 없다고 생각했다.

"나무는 서로 엇갈리게 쌓고 방수제는 넉넉히 바르도록 하라. 재료를 아끼다가 집이 무너지면 사람이 죽는다."

"예, 대장님."

지금 이곳에는 집을 지어본 사람이 아예 없기 때문에 하진은 자신이 중대장으로 부임하던 시절 어깨너머로 익힌 창고 건축법을 그대로 따르고 있었다.

다만 나무를 건조하고 방수제를 바르는 방법은 선박 기술자들이 잘 알고 있었기 때문에 그렇게 시간이 오래 걸릴 것 같지는 않았다.

하진은 자신이 설계한 도면을 바라보면서 그에 딱 맞춰 나무를 재단하고 있었다.

만약 한 치의 오차라도 생긴다면 공사 기간이 길어질 테니 최대한 정확하게 재단하는 수밖에 없었다.

그는 재단 작업을 하면서 작업장에 쌓여가는 나무를 바라보았다.

"이 정도면 며칠 안에 첫 번째 집의 공사를 시작할 수 있겠어."

"과연 우리가 사람이 살 수 있는 집을 지을 수 있을까요?"

"못 짓는다면 평생 움막에서 살아야 한다. 억지로라도 끼워 맞춰 짓는 수밖에 없어."

하진은 이럴 때 건축학에 대한 서적이 한 권이라도 있었다면 얼마나 좋을까 하는 생각을 했다.

'인터넷이 간절하군.'

인터넷에 연결하여 플레이하던 게임 속 세상으로 들어와 인터넷을 상상하고 있다니 스스로도 실소가 지어지는 하진였다.

*　　　　*　　　　*

나무를 충분히 건조한 하진은 집을 짓기에 좋은 자재들만 골라서 공사를 시작하기로 했다.

공사의 첫 번째는 바닥을 평평하게 다져서 수평을 맞추고 그 위에 주춧돌과 바닥이 될 마감재를 올리는 것이다.

하진은 야크를 팔아 마련한 물소들을 이용하여 땅바닥을 다지기로 했다.

쿠르르르릉!

굵은 통나무를 원통 모양으로 반듯하게 다듬고 그 양옆에 고정대를 연결하면 아주 훌륭한 롤러가 만들어진다.

소가 땅바닥을 평평하게 만들고 지나가면 그 위를 다시 거대한 떡메로 두드려 단단하게 만들어 평탄 작업을 마무리하게 된다.

하진이 물소를 몰고 땅을 평평하게 만들면 병사들이 그 위를 망치로 두드리고 다시 물소로 수평을 맞추는 원시적 평탄 작업이 하루 종일 이어졌다.

이 마을에 젊은 남자라곤 하진의 공격대와 얼마 전 군으로 편입된 해적 50명이 전부였다.

그들은 자유와 안정을 위해 쉬지 않고 일했다.

땡땡!

"휴식 시간입니다! 식사들 하세요!"

"자자, 먹고 하자고!"

마을 아낙들이 가지고 온 식사를 향해 몰려드는 병사들을 바라보며 하진은 흐뭇한 미소를 지었다.

"이제 정말 한 마을의 이웃들처럼 보이는군."

"그러게 말입니다. 해적 출신 병사들도 이곳의 아가씨들과 꽤 많이 짝을 이뤄 연애를 하는 것 같더군요. 잘하면 조만간 결혼식을 진행해야 할지도 모르겠습니다."

"홍복이로군."

1천 명의 인원 중에 남자의 비율이 간신히 1/10을 넘기는 지경이니 서둘러 세대 합가를 이루는 것이 중요했다.

하진이 이렇게 집 짓기에 열을 올리는 것도 주거가 안정되어야 가정을 꾸릴 것이기 때문이다.

해적 출신의 거친 사내들이 아낙들의 웃음에 안정을 찾는 것처럼 아낙들 역시 거친 사내들을 따라 안정을 가지려면 집은 꼭 필요했다.

이제 하진은 이 땅을 더욱 단단하게 다질 좋은 방안에 대해 고민해야 했다.

"이곳의 겨울은 상당히 추워. 이렇게 바닥만 다져서는 겨울을 대비할 수 없어."

"그럼 더 좋은 방법이 있겠습니까?"

"우선 뼈대를 다 올린 후 바닥을 평평한 반석과 황토로 채워야지."

"황토요?"

"황토를 건조시키면 꽤 단단한 건축자재가 된다네. 그런 후에 바닥 아래에 불로 온기를 줄 수 있는 온돌을 놓는 것이지."

"온돌이요?"

"나도 이론으로밖에 모르는 시공법일세. 이를테면 오븐의 열을 이용하여 바닥을 따끈따끈하게 만드는 것이지."

"으음, 그런 시공법이 있었습니까?"

"제대로 지으면 몇 백 년이 지나도 사람이 살 수 있는 것이 바로 황토 목조 주택이야. 시행착오는 많겠지만, 그래도 시도할 가치는 충분하다."

해리슨과 병사장들에게 현대의 지식을 전해준 하진은 이제부터가 시작이라는 것을 강조했다.

"시작이 반이라고 해도 앞으로 더욱 힘든 일이 많을 것이다. 병사들 관리에 신경 쓰도록."

"예, 대장님."

하진은 식사를 마치면 옹성 뒤편의 산을 탐색하기로 했다.

"산에서 공사에 필요한 황토와 돌을 채취하도록 하자. 아마 오늘 하루면 바닥 공사를 마칠 수 있을 거야."

"예, 알겠습니다."

인원이 많다는 것은 그만큼 공사가 빨리 진행된다는 소리다. 다만 시행착오를 바로잡는데 꽤 많은 시간이 걸릴 것이 문제였다.

*　　　　*　　　　*

다음날, 하진은 병사들과 함께 다져진 바닥 위에 주춧돌을 올리고 기둥과 대들보를 세웠다.

선박 기술자들이 고안한 도르래를 이용하여 나무를 올린 하진은 자신이 계산한 대로 뼈대를 완성시켰다.

길이가 너무 길거나 짧은 목재가 있긴 했지만 그때그때 필요한 부분을 다듬어서 보충하니 반나절 만에 뼈대를 완성할 수 있었다.

하진은 자신의 설계도를 꼼꼼히 살피면서 집의 밸런스를 잡아나갔는데, 선박 기술자들이 그에게 많은 도움을 주었다.

그들은 배의 전체적인 균형을 맞추는 일에 이골이 나 있기 때문에 집의 균형도 단박에 알아볼 수 있었던 것이다.

"좋군요. 이 정도면 지붕을 얹어도 되겠습니다."

"그래, 그것 참 다행이군."

지붕을 얹는다고 해서 공사가 끝나는 것은 아니지만 얼추 집의 기틀은 거의 다 잡혀가는 셈이다.

하진은 지붕의 틀을 삼각형으로 잡고 그 위에 나무판자를 겹겹이 이어 붙여 황토를 바를 생각이다.

이것은 하진이 어려서 살던 양옥집과 한옥의 구조를 혼합한 것인데, 과연 이것이 무슨 결과를 가지고 올지는 아무도 모른다.

"우선 삼각형 지붕 아래에 판판한 바닥을 깔고 지붕을 다시 얹자고. 그래야 비와 눈에도 견딜 테니까."

"다락을 하나 더 놓자는 말씀이시군요."

"그래, 그렇게 하는 편이 훨씬 튼튼하지 않겠나?"

"하지만 공사 기간이 길어질 겁니다. 예상한 목재와 황토도 더 많이 들어갈 것이고요."

"그렇긴 해도 집이 튼튼한 것이 먼저다. 우리는 이곳에서 평생 살아야 해. 완성된 집으로 이사를 갈 수도 없다고."

"흐음, 그건 그렇군요."

"기왕지사 한 번 지을 때 확실히 짓는 편이 좋다."

"알겠습니다. 그럼 대장님의 말대로 짓기로 하시지요."

서로의 의견을 나누면서 집을 짓다 보면 사소한 마찰이 생기긴 하지만, 그만큼 집을 더 튼튼하게 지을 수 있는 밑거름이 된다.

오늘은 다락을 올리고 내일이면 지붕이 완벽하게 올라가 내부 공사에 들어갈 수 있을 것 같았다.

"자자, 힘내자고!"

"예, 대장님!"

하진과 병사들은 아늑한 휴식을 꿈꾸며 서로를 독려해 나갔다.

*   *   *

다음날, 하진의 예상대로 지붕이 완성되고 집의 틀이 다 잡혔다.

"휴, 집짓는 것이 결코 쉬운 일이 아니군요."

"원래 세상에 쉬운 일은 하나도 없다네. 그건 자네들이 더 잘 알잖나?"

"뭐, 그건 그렇지요."

병사들이 하루 종일 집의 틀을 다지고 있을 때, 아녀자들은 집단과 황토를 섞어 벽돌을 만들고 있었다.

나무로 벽의 기둥을 잡고 그 사이를 벽돌과 황토로 채우면 단열과 통풍이 동시에 적절히 이뤄지는 숨 쉬는 집이 탄생하게 된다.

이 모든 것은 인력이 많기에 가능한 일이지, 만약 소수의 인원이 공사를 진행했다면 엄두도 내지 못했을 것이다.

이제부터는 밥을 짓거나 먹을 것을 구하는 사람들을 제외한 모든 마을 사람이 공사에 동원되었다.

사면의 벽을 모두 다 채우고 바닥을 따라 길게 이어진 구들장의 세세한 길을 다잡는데 인력이 투입되었다.

무려 50명이 넘는 인원이 벽을 세우고 바닥을 다지니 고작 네 시간도 안 되어 작업이 모두 마무리되었다.

이제 하진은 이들에게 오븐이라고 소개한 아궁이에 불을 지폈다.

화르르르륵!

"자, 이제 방으로 들어가 온기가 들어오는지 확인해 보게."

"예, 대장님."

병사 몇 명이 온돌방으로 들어가 엉덩이를 깔고 앉았다.

그리고 잠시 후, 그들은 점점 따뜻해지는 온돌의 효능에 화들짝 놀라 환호성을 질렀다.

"오오, 오오! 방이 따뜻해집니다!"

"이게 바로 온돌의 효과라는 것이네."

"쿨럭쿨럭! 하지만 하루 종일 환기를 시켜야겠군요! 여기저기서 연기가 올라옵니다!"

"뭐, 뭐라고?"

하진은 재빨리 불을 끄고 방 안으로 들어가 연기가 피어나는 곳을 확인했다.

"…아무래도 바닥을 잘못 놓은 것 같아."

"예?"

"원래는 연기가 새어 나오면 안 되는 걸세. 바닥을 뜯고 다시 놓아야 할 것 같아."

"하하, 대장님도 완벽하지는 않으시군요?"

"나도 사람이니까. 더군다나 나는 이번 공사가 처음이라고. 나도 자네들과 같은 입장이야."

멋쩍은 표정의 하진에게 병사들이 힘을 북돋아주었다.

"괜찮습니다. 대장님이 아니면 누가 이런 공사를 하겠습니까?"

"맞습니다!"

"고마우이."

하진은 심기일전하여 다시 바닥을 뜯어 공사를 시작했다.

*　　　　*　　　　*

늦은 밤, 아펠트 군도의 마지막 섬 파크필로에서 환한 빛이 새어 나오고 있다.

우웅, 우우웅!

그 빛은 아펠트 군도 전역으로 빠르게 퍼져 나가 군도 전체를 빛의 무리에 휩싸이게 만들었다.

그리고 잠시 후, 그 빛을 타고 대지에 진동이 몇 차례 울리기 시작했다.

쿠그그그그그그, 콰앙!

아펠트 주도에서 잠을 자고 있던 병사들과 주민들이 그 소리에 잠에서 깨어났다.

"허, 허억! 이, 이게 무슨 소리지?"

오늘 낮에 무려 열 차례의 시행착오를 거친 끝에 완성한 황토방에선 어린아이들이 울음을 터뜨렸다.

"으앙, 으아아앙!"

"대, 대장님! 집이 흔들립니다!"

황토방 앞마당 막사에서 잠을 자고 있던 하진 역시 깜짝 놀라서 자리를 박차고 나왔다.

"아이들은 괜찮습니까?"

"네, 괜찮아요."

마을에선 개월 수가 가장 낮은 아이 열 명을 한 방에 몰아서 재우고 있었는데, 하진은 그 앞에 막사를 치고 혹시나 모를 상황에 대비하고 있었다.

그는 열 명의 아이들을 돌보고 있는 유모 라비나와 함께 집 주변을 살폈다.

우-우-우-웅.

"이, 이게 뭐죠?"

"반딧불이?"

"…이 세상에 이렇게 큰 반딧불이가 존재했던가요?"

"그렇다면 이건……."

바로 그때, 옹성 밖에서부터 엄청난 괴성이 들려오기 시작 했다.

쿠오오오오오오오!

"대, 대장님?"

"이런! 라비나, 지금 당장 아이들을 데리고 방 안으로 들어 가요! 어서요!"

"아, 알겠습니다!"

하진은 병사들이 곤히 자고 있는 막사로 달려가 상황을 보 고 받았다.

"임시 배력은 공격대를 구성하고 옹성으로 집결한다! 해리 슨!"

"예, 대장님!"

"옹성 밖에 무슨 일이 벌어진 것인가?"

"아직 자세한 상황은 파악된 바가 없습니다. 그저 중형급 몬스터들이 쳐들어오고 있다는 것만 예상하고 있을 뿐입니다."

"아무튼 옹성으로 방어 병력을 집결시키고 공격대를 전진 배치하도록 하지."

"예, 대장님."

서둘러 옹성으로 향하던 하진은 이제 막 도착한 동료들과 마주했다.

"…들었어요?"

"네, 아주 똑똑히 들었습니다."

"아무래도 중형급 이상인 것 같아요."

"이제 드디어 시작되는 것인가?"

테르니온은 이 몬스터의 소리를 어디선가 들어본 적이 있다며 기억을 더듬었다.

"…어디선가 들어본 적이 있는 것 같은데……."

"몬스터가 큰 것으로 기억하십니까?"

"가만……."

대략 30초 정도 정신을 집중시킨 그는 퍼뜩 기억을 가다듬었다.

"…트롤이다!"

"트, 트롤이요?"

"이 울음소리는 분명 트롤의 것이야! 빌어먹을, 이럴 때 대형 트롤이 등장하다니!"

트롤은 엄청난 회복력을 가진 인간형 몬스터인데, 평균 3미터쯤 되는 키를 가지고 있다.

하지만 트롤에도 소형, 중형, 대형으로 나뉘고 작은 것은 1.5미터, 큰 것은 10미터에 육박하는 개체도 있었다.

하진은 병사들과 함께 옹성 위로 올라섰다.

쿠오오오오오!

"…크, 크다!"

"제기랄!"

지금 하진의 옹성으로 다가오는 몬스터의 크기는 대략 8미터, 그 뒤로 드문드문 달려오는 몬스터의 크기도 얼추 비슷한 것 같다.

"엠블라!"

"네, 대장."

"몬스터가 우리를 노리고 오는 것이 맞는다면 저들이 육식을 하는 것이기 때문일까요?"

"아니요, 그렇다고 볼 수는 없어요. 트롤은 굳이 사람 고기를 먹지 않아도 살 수 있거든요. 트롤이 사람을 잡아먹는 경우는 드물어요. 더군다나 100년 넘게 사람이 없던 군도에서 산 저들이 인육의 맛을 알까요?"

"그렇다면⋯⋯."

"이 대형 반딧불이 몬스터들을 광폭하게 만든 것이 분명합니다."

"⋯이건 도대체 뭘까요?"

"글쎄요. 앞으로 이 현상에 대해 알아보자면 시간이 꽤 걸리겠지요."

이제 하진은 상황을 모두 파악했고, 남은 것은 얼마나 슬기롭게 대처하느냐이다.

"전군, 방어 태세에 돌입한다! 제독!"

"명령하시게."

"아이온 캐논을 준비해 주십시오!"

"알겠네."

"가버 씨는 중화기에 사용할 마공탄을 준비해 주시고, 해리슨은 궁수들을 지휘해 줄 수 있도록."

"예, 대장님!"

"네이튼 자네는 나와 함께 보병대를 지휘하도록 하자고. 엠블라와 엘린은 보병의 후방을 지원해 주십시오."

"잘 알겠습니다."

"케레니슨, 장총을 들고 망루로 올라가 놈들의 머리를 저격해 줘. 한 방에 죽이지 못해도 괜찮다."

"알겠다."

전 병력과 동료들을 적시에 배치한 하진은 이제 곧 시작될 결전을 준비했다.

철컹!

방패와 투척용 재벌린을 꺼내 든 하진은 깊이 심호흡을 내뱉었다.

"후우!"

그러자 인터페이스 하단에 있는 화면에 에밀리아의 얼굴이 투영되었다.

ㅡ주군, 옹벽의 상세 정보를 전달하겠습니다. 옹벽의 내구도는 대략 40%, 트롤의 공격 100여 회를 맞으면 무너지게 됩니다.

'100여 회라.'

그녀는 하진에게 홀로그램으로 옹벽의 구조에 대해 보여주었다.

ㅡ우측 하단과 좌측 상단에 큰 타격을 입은 적이 있습니다. 중앙 대문은 이미 반파 상태로 놓여 있습니다. 병사들과 함께 중앙 대문을 수성하면서 우측 하단과 좌측 상단을 주시하는 것이 좋을 듯합니다.

'좋아, 이렇게 보니 방어가 한결 수월해지겠군.'

ㅡ그렇지만 방심은 금물입니다.

'물론이지.'

하진은 병사들에게 결사 항전을 위한 독려를 시작했다.

"우리는 자유민이다! 명예롭게 싸워라!"

"와아아아아아!"

아펠트 군도에 공격대의 함성이 가득 차올랐다.

＊　　　＊　　　＊

옹벽 수성전 개전 두 시간째, 하진은 끝도 없이 밀려드는 트롤들을 상대하느라 진이 다 빠질 지경이었다.

"좌측에 트롤 열 마리가 출현했습니다!"

"아이온 캐논으로 수비하라!"

"우측에도 있습니다!"

"제기랄, 투창으로 상대하겠다! 궁수들은 후방의 적을 막아 낼 수 있도록!"

"예, 대장님!"

"케레니슨! 우측 하단의 트롤들을 저격하도록!"

"오케이!"

테르니온의 아이온 캐논은 사거리가 일반적인 캐논에 비해 세 배나 길고 파괴력 역시 무시무시했다.

거기에 사슬 형태의 포탄을 장전할 수 있기 때문에 탄환이 회전하면서 적들을 갈가리 찢어발길 수 있었다.

촤라라라라락!

마치 부메랑처럼 돌아가며 트롤의 대열을 무너뜨린 테르니온의 아이온 캐논으로 인해 좌측 열 마리의 트롤이 한 방에 쓰러져 나갔다.

쿠오오오오오!

하진은 좌측으로 몰려드는 트롤들에게 투장하면서 케레니슨의 마법탄이 장전될 수 있는 시간을 벌었다.

"투장하라!"

핑핑핑!

사막에 사는 독사의 맹독을 바른 재벌린이 날아가 트롤의 몸에 틀어박혔지만, 그것을 회복시키는 데 단 3초면 충분했다.

뚜둑, 뚜두두둑!

괴사하였던 살점이 다시 차오를 때쯤, 케레니슨의 유령탄환이 불을 뿜었다.

콰앙!

끼에에에에에!

유령탄환은 적의 머리에 적중하는 순간, 그 자리에서 끝도 없는 악몽에 시달리게 되는 마법이다.

이 마법에 걸리게 되면 자연적으로 물리적 방어력이 떨어져 아무리 트롤이라도 단 일격에 세상을 하직하게 된다.

그러나 이 한 발을 사용하고 나면 재장전의 시간이 걸린다는 것이 문제였다.

"재장전!"

"알겠다!"

그의 재장전이 이뤄질 동안에는 바로 옆에서 마공탄 머스킷을 잡은 가버가 폭열탄을 발사했다.

"이거나 먹어라!"

철컥, 콰아앙!

폭열탄은 파이어볼을 열 개쯤 뭉쳐놓은 효과를 내는 탄환인데, 이것을 맞는 순간 화염이 연속으로 열 번 폭발한다.

쾅쾅쾅쾅쾅!

덕분에 트롤 떼가 전멸하였고, 이제 공격대는 잠시 한숨 돌릴 수 있게 되었다.

"…미치겠군. 도대체 언제까지 이렇게 밀려들 생각이지?"

"일단 해가 뜰 때까지 기다려 보자고. 해가 떠 있을 때엔 몬스터가 들이닥치지 않았으니까."

하진은 잠시 쉬는 동안 자신에게 파밍된 아이템과 경험치를 확인해 보았다.

아이템 목록 — 트롤의 가죽 40, 트롤의 뼈 20, 트롤의 내장 10, 트롤의 힘줄 250…….

[Lv. 30 − 98%]

지금까지 벌여온 전투 중에서 경험치 획득량이 가장 많은 이번 전투는 하진의 레벨을 무려 5레벨이나 상승시켜 주었다.

병사들과 동료들, 장수들의 경험치 역시 꽤 많이 성장했지만 피로도가 문제였다.

처음 보는 몬스터와 씨름을 하다 보니 피로가 엄청나게 쌓인 것이다.

이대로라면 병사들이 남아나지 않을 판, 하진은 이곳으로 온 것이 잘못된 선택이었나 싶었다.

'빌어먹을.'

하진이 막 자괴감에 빠질 무렵, 또 한 번의 공습이 시작되려 했다.

뿌우!

"대장님, 전방에 트롤 떼가 몰려듭니다!"

"…미치겠군."

"이래선 끝이 없겠습니다. 정말 우리가 길을 잘못 든 것일까요?"

테르니온이 새까맣게 그을린 얼굴로 말했다.

"어떤 길이든 우리가 택한 길이야. 종국이 어떻게 되든 간에 후회는 없어야지."

철컥!

다시 화포를 장전하는 테르니온. 하진은 결사 항전의 각오를 다시 한 번 다졌다.

"전군, 사격 준비!"

"사격을 준비하라!"

피가 튀는 골육상잔이 다시 일어날 때쯤, 하진의 머리 위로 밝은 태양이 떠올랐다.

'여명이 텄군.'

동이 터옴에 따라 어둡던 옹성과 싸늘하던 전장이 한 줄기 빛 무리에 휩싸였다.

스르르르릉!

하진은 햇빛을 받은 군도가 조금씩 화려하던 밤의 불빛을 잃어간다는 것을 알 수 있었다.

그리고 그 빛이 사라짐에 따라 몬스터들도 하나둘 돌아가기 시작했다.

크르르릉!

"대장님, 트롤이 돌아갑니다!"

"…무슨 영문이지?"

"아무래도 저놈들은 해가 뜨면 둥지로 다시 돌아가는 모양입니다."

하진과 공격대는 그제야 안심하고 병장기를 내려놓았다.

"가까스로 막았군."

"정말 다행입니다. 하마터면 이대로 다 죽을 뻔했습니다."

"그러게 말이야."

이제 하진은 전장을 수습하고 부서진 옹벽을 보수하기 위해 발걸음을 옮겼다.

*　　　　*　　　　*

라이너스를 따르는 군사 3천이 라스리에 닿았다.

원정대의 전령은 그들이 라스리에 도착하자마자 에네스가 보낸 서찰을 건넸다.

그 안에는 자신이 지금 어디에 정박하고 있으며 에멘트 공국에 어떤 식으로 시위를 했다는 내용이 들어 있었다.

에네스의 서신을 읽은 라이너스는 옅은 미소를 지었다.

'이 작자를 좀 보게. 생각보다는 쓸 만한 사내가 아닌가?'

라이너스가 비록 야망이 없는 정치가라곤 해도 자신이 어떻게 하면 출세 가두를 달릴 수 있는지에 대해선 누구보다 잘 알고 있었다.

그는 자신의 형제가 아케인 왕국을 통치하겠다는 일념하에 이빨을 감추고 있었던 것이다.

만약 그가 마음먹었다면 벌써 스스로 왕이 되고도 남았을 지도 모른다.

자신에게 필요한 것이 무엇인지, 또한 그에 따라 필요한 사람이 누구인지 아는 것은 출세 가두를 달리기 위한 가장 기초적인 것이다.

에네스는 에멘트 공국을 상대로 최대한 유리한 협상 방향을 결정하고 그대로 배짱 있게 행동한 것이다.

라이너스는 에네스가 꽤나 마음에 들었다.

"여봐라."

"예, 왕자님."

"에네스 왕세자를 이곳으로 불러들이고 원정군에게 동부 해협 원정 함대기지를 구축하라 일러라."

"함대기지요?"

"동부 해안 인근 왕국들에게 서신을 보내고 적당한 군도나 반도를 얻어 기지를 건설하는 것이다. 건설에 대한 비용은 내가 댄다."

"예, 알겠습니다."

그가 한 일이 헛짓이 아니라는 것을 증명하자면 원정군이 함대를 꾸릴 수 있도록 최대한 많은 지원을 해야 할 것이다.

그래야 중앙대륙으로 편중되어 있는 전쟁의 열기를 조금이나마 환기시킬 수 있기 때문이다.

그는 이곳에 또 다른 전선을 펼치고 에멘트 공국을 압박하여 패왕의 인장을 쟁취하려는 제스처를 취할 것이다.

그렇게 되면 고지식한 학자들과 늙은 정치가들이 동부 해협에 눈독을 들이고 지원을 아끼지 않게 될 것이다.

"여러 모로 쓸모가 많은 사람이 되겠군."

에네스가 함포 몇 대 얻어맞은 것으로 주변 국가들은 아케인 왕국에 함대기지를 내어놓지 않으면 안 될 이유가 생겼다.

이것은 대의명분을 취할 정당한 사유이기도 하니 그의 행동은 여러모로 훌륭하다고 볼 수 있었다.

"기대가 되는군."

오랜만에 라이너스의 얼굴에 진심 어린 미소가 피어났다.

제8장
생존을 위한 몸부림

　하진은 옹성을 보수하는 데 모든 인력을 투입하고 집을 짓
는 건설 현장은 잠시 가동을 중단하였다.

　아무리 먹고 자는 것이 중요하다고 해도 옹성을 보수하는
것보다 더 중요한 일은 없기 때문이다.

　에밀리아는 어제의 피해 정도와 현재 보수해야 할 곳에 대
해 설명했다.

　─어제도 말씀드렸다시피 우측 하단과 좌측 상단에 심한
균열이 있습니다. 그나마 방어를 펼치면서 주먹구구식으로 막
아두긴 했어도 조만간 반드시 저곳 때문에 옹성이 무너질 것

입니다.

'나도 알고 있다. 하지만 건설 자재가 턱없이 부족하군.'

주변의 나무를 전부 다 베어 옹성의 철문을 보수하는 데 전력을 다했기 때문에 우측 하단과 좌측 상단에 있던 균열은 메울 수가 없었다.

더군다나 아펠트 군도의 주도에는 바위산이 별로 없기 때문에 적당한 석재를 구하기도 힘들었다.

고민에 빠진 하진에게 요정 링크가 다가왔다.

"주인님, 무슨 고민이라도……?"

"이곳을 보수할 자재가 부족해. 아무래도 다음 공격 때엔 꼼짝없이 옹성이 무너지고 말겠어."

"으음, 그렇다면 자재를 구하기 위해 공격대를 꾸려야 하는 것이 옳지 않을까요?"

"그렇게 되면 옹성을 떠나 원정을 가야 한다. 너무 위험해."

"이대로 옹성 뒤편에 남아 있는 것 또한 위험한 일이긴 마찬가지지요."

"……?"

그녀는 하진의 홀로그램에 손가락을 가져다 대었다.

스릉!

하진의 표정이 묘하게 일그러졌다.

"내 인터페이스에 어떻게 손을 댄 거지?"

"저는 주인님의 던전 관리와 동료들의 능력치 등을 관리합니다. 만약 원치 않으신다면 제외하셔도 좋습니다."

그녀는 하진에게 '관리 옵션' 탭을 클릭하여 보여주었다.

관리 옵션에는 하진이 영지와 공격대, 동료들을 관리할 수 있는 탭이 많이 있었다.

그중에서도 그녀가 알아서 모든 것을 관리하는 'Automatic' 기능이 있어서 딱히 하진이 설정을 하지 않아도 최적화된 환경을 조성하게 되어 있었다.

하진은 그녀에게 던전 관리와 공격대의 경험치 분배, 스킬 설정 등을 모두 맡기기로 했다.

"그럼 우리 공격대가 처음으로 공략해야 할 곳이 어디인지 알려줘."

"예, 주인님."

링크가 클릭한 던전 관리 탭에 아펠트 군도의 155개 지역이 차트 형태로 나열되기 시작했다.

하진은 아펠트 군도 지역 제1구역인 나리슨 섬의 정보에 대해 전해 들을 수 있었다.

"아직까지 자세한 내용에 대해 알 수는 없지만, 일단 이곳의 지형이 어떤지 정도에 대해선 알 수 있습니다."

"흠, 우리가 군도의 지도를 입수했기 때문인가?"

"그렇지요. 아펠트 군도 전역에 대한 지도를 입수했기 때문에 지형과 기후에 대해서는 알 수 있습니다. 그것은 정형화된 지표이기 때문이죠. 하지만 지금 이곳에 어떤 몬스터가 살고 있는지 알 수는 없습니다."

아펠트 군도는 주도를 포함한 20개의 큰 섬과 135개의 작은 섬으로 이뤄져 있다.

주도의 북쪽에 10개, 남쪽에 9개의 큰 섬이 위치하고, 그 섬들의 주변에 위성처럼 작은 섬이 포진해 있었다.

옹성이 위치한 곳은 서쪽 끝이기 때문에 몬스터들이 수중전을 벌이지 않는 한 후방에서의 공격은 없었다.

하지만 이것은 방어에 유리한 고지를 점하는 동시에 주도에 갇혀 나올 수 없게 될 수도 있다는 뜻이기도 했다.

그녀는 제1구역이라고 할 수 있는 제2의 주도 나리슨 섬의 위험지역을 손으로 가리켰다.

"몬스터들이 진격한 길을 따라서 쭉 가다 보면 레인저들이 불태워 버렸다는 이그리스의 실험실이 네 개 있습니다. 이곳에서 지금도 몬스터가 계속해서 생성되고 있다고 합니다. 이곳이 가장 큰 위험지역이라고 볼 수 있지요."

"흐음……."

링크가 하진에게 설명을 하고 있을 때 에밀리아가 살을 보탰다.

—옹벽을 보수하는 데 들어가는 재료는 모두 다 저 위험지

역에 있을 것으로 예상됩니다.

"그에 대한 근거는?"

―암속성 몬스터의 뼈로 아교로 만들면 아주 뛰어난 점성을 갖게 됩니다. 그것으로 옹벽에 들어가는 돌을 이어 붙이게 되면 그 어떤 자재보다 단단하게 벽을 보강할 수 있을 겁니다.

"그러니까 몬스터를 사냥하지 못하면 우리는 죽는다는 소리군."

―네, 그렇습니다.

하진은 뭐 하나 간단한 것이 없다는 것을 다시 한 번 절감했다.

게임을 할 때엔 그저 퀘스트 목록에 있는 재료들을 모아서 클릭 한 번 해주면 곧바로 옹성이 완성되었지만 현실은 그렇지가 못했다.

현실은 훨씬 더 냉혹하고 처절하며 혹독한 대가를 요구하고 있었다.

―어떻게 하시겠습니까? 출정하시겠습니까?"

"어쩔 수 없지. 출정을 준비해서 나리슨으로 진격한다."

―그럼 그에 맞는 공격대 스킬을 구성하겠습니다."

"그리할 수 있도록."

병사들이 사용할 수 있는 액티브 스킬과 패시브 스킬에는 한계가 있다.

그들은 태어나 처음으로 부여받은 스킬들을 재능처럼 여기며 살아가기 때문에 무의식 중에 그것이 발동된다.

하진의 인터페이스는 그것을 자신이 직접 조율하여 사냥터마다 필요한 스킬을 장착할 수 있도록 설정할 수 있었다.

이것은 바로 패왕의 인장이 가진 가장 큰 장점이기도 했다.

'또다시 악전고투가 시작되겠군.'

고된 길이라는 것을 알면서도 떠나야 하기에 마음이 좋지는 않았지만, 이것은 생존을 위한 일이었다.

"공격대를 구성하라!"

"예, 대장님!"

그의 명령으로 50명의 공격대가 구성되기 시작했다.

*　　　　*　　　　*

이번 레이드의 목적은 옹성을 보수하는 데 들어가는 재료를 구하러 가는 것이기도 했지만 병사들의 1차 전직을 위한 길이기도 했다.

지금까지 병사들은 기본 병과로만 전투를 이어오고 있었지만 이젠 제법 레벨이 차올라서 상위 병종으로 전직이 다가와 있었다.

아마 이번 전투로 인해 병사들은 자신들의 1차 전직에 대한 실마리를 찾게 될 것이다.

하진은 테르니온에게 성의 방어를 맡기고 레이드를 시작하기로 했다.

"제독, 마을을 잘 부탁합니다."

"걱정 말게. 그나저나 의문의 지역으로 탐사를 간다는 것이 못내 마음에 걸리긴 하네."

"어쩔 수 없는 일입니다. 우리에게 더 이상의 선택지는 남아 있지 않으니까요."

"그렇긴 하지만……."

"너무 걱정하지 마십시오. 엠블라나 가버 같은 뛰어난 동료들이 있으니 큰 문제는 없을 겁니다."

"그래, 알겠네. 무운을 비네."

"감사합니다."

하진은 자신의 뒤에 서 있던 동료들에게 출정 준비에 대해 물었다.

"모두들 장비를 챙겼습니까?"

"빠짐없이 챙겼습니다. 이제 출발하기만 하면 됩니다."

그는 해시계로 지금 시간을 가늠했다.

"앞으로 열 시간, 그 안에 돌아오지 못하면 몬스터들의 습격을 받게 될 겁니다. 최대한 신속하게 움직입시다."

"예, 대장님."

공격대 본진이 출발하자 옹성에선 출정을 알리는 뿔나팔 소리가 울려 퍼졌다.

뿌우!

이것은 공격대가 출발한다는 것을 알리는 신호이기도 하지만, 동시에 주민들에겐 스스로 성을 방어해야 한다는 뜻이기도 했다.

하진의 공격대가 성을 빠져나가자, 마을에는 급격히 긴장감이 감돌기 시작했다.

출정 30분 후, 하진의 공격대가 나리슨 섬으로 가는 교두보 앞에 섰다.

나무를 얼기설기 이어서 만든 나리슨 교각은 나리슨 섬과 주도를 잇는 유일한 다리이며, 공격대가 가진 단 하나의 교두보이기도 했다.

"최후의 상황엔 이것을 박살내서 몬스터의 상륙을 차단할 수도 있겠군."

"그렇긴 합니다만, 이 다리가 무너져도 덩치가 큰 놈들은 바다를 건너서 올 수 있을 겁니다. 깊이가 그리 깊어 보이지 않아요."

엠블라는 앞으로 이 교각을 중심으로 제2옹성을 쌓는 것이 좋겠다고 조언했다.

"몬스터 아교로 충분한 재료를 얻게 된다면 이곳에 두 번째 방어기지를 구축하는 것이 좋겠습니다. 그리고 이곳에 병사들의 숙소와 훈련장을 짓는다면 조금 더 효과적이겠지요."

"마을의 심장부를 조금 더 안으로 배치하는 것이군요."

"만일의 상황이 발생한다면 우리가 이곳을 막는 동안 민간인들이 에밀리아호를 타고 탈출을 감행할 수도 있을 겁니다. 또한 해협 너머에서 협공을 해줄 수도 있을 것이고요."

"흐음, 그렇군요."

앞으로 이곳이야말로 하진의 공격대가 가장 중요하게 여겨야 할 방어 거점이 될 것이다.

하진은 방어 거점에 대한 사안을 메모한 후 곧장 위험지역으로 공격대를 인솔했다.

휘이이잉!

나리슨 섬의 첫 번째 폐 실험실 앞에는 레인저들이 만들어 둔 것으로 보이는 푯말이 땅에 박혀 있었다.

출입 금지

몬스터의 피로 적은 것 같은 표지판은 상당히 강렬한 느낌을 주고 있었다.

안 그래도 나리슨 섬의 어두침침한 분위기와 맞물려 그 푯말은 정말로 사람이 들어가선 안 될 것 같은 금역을 표시해둔 것 같았다.

"…들어가도 될까?"

"어차피 이곳을 소탕하지 않으면 우리가 죽는다."

"후우, 하나부터 열까지 쉬운 일이 하나도 없군."

네이튼의 짧은 넋두리를 끝으로 이제 공격대는 본격적으로 던전에 돌입하기로 했다.

"보병들이 먼저 들어가 수색 및 정찰을 실시한다. 보병, 앞으로."

하진과 선두에 선 보병 수색대가 안으로 들어간 후 그 뒤를 따리 니머지 병력이 천천히 던전 안으로 들이갔다.

*   *   *

음습하고 침침한 던전 안, 이곳은 워낙 습기가 많이 차서 천장에선 물방울이 뚝뚝 떨어져 내리고 있었다.

똑, 똑, 똑!

자연 상태의 동굴을 조금 더 확장해서 만든 실험실은 온갖 동물과 몬스터의 피로 벽면이 도배되어 있었다.

아마도 이곳에서 벌어진 실험은 살생과 탄생이 반복되는 처참한 굴레인 것으로 보였다.

가버는 실험실의 벽면을 손으로 스윽 닦아내더니 그 냄새를 맡으며 말했다.

"쿵쿵, 진짜 피가 맞아. 이그리스라는 그 미치광이 마법사, 아무래도 정말 머리가 어떻게 된 것이 분명하오. 이 피 중에는 사람의 것으로 보이는 것도 있소."

"그러니 유배를 왔겠지. 이런 미친놈은 해적단에서도 받아주지 않을 거야."

"…맞아."

하진은 동료들의 아주 조용한 수다와 함께 수색대의 선봉에 서서 전방을 주시하고 있었다.

그는 방패로 앞을 막고 전진하고 있었는데, 횃불이 없어도 아주 자연스럽게 걸음을 옮길 수 있었다.

하진이 패왕의 인장을 흡수하고 난 후 신경 체계가 새로 완성되면서 그의 눈에는 인프라비전이 생성되어 있었다.

빛이 없는 상태의 공간을 정형화된 자연의 정기로 표현하는 것을 두고 인프라비전이라 부르는데, 이것은 고대 자연의 종족 엘프에게만 허락된 특수한 능력이었다.

어떤 이유에서인지는 몰라도 패왕의 인장은 하진에게 이 특별한 능력을 부여했다.

그는 캄캄한 던전을 녹색 자연의 정기로 세세히 관찰하면서 앞으로 나아갔다.

'이상하군. 위험지역이라기엔 좀 무러가 있어. 아무것도 느껴지지 않는데?'

하진이 연신 고개를 갸웃거리고 있을 때, 전방에서 묵직한 무언가가 그의 방패와 부딪쳤다.

쾅앙!

"……!"

분명 인프라비전에는 아무것도 잡히지 않았지만 그의 방패를 두드린 것은 분명 실재하는 것이었다.

"제기랄! 전방에 몬스터가 나타난 것 같다!"

"전투태세를 갖추어라!"

이윽고 그는 인프리비전 대신 햇불을 들어 전방을 살펴보기로 했다.

화르르륵!

그러자 그의 앞에 목이 열 개나 달린 괴상망측한 몬스터가 누런 이를 드러내고 있다.

크아아아아아앙!

"뭐, 뭐야? 이런 종류의 몬스터도 있던가?"

"…키메라입니다! 아무래도 저것이 바로 위험지역에 살고 있는 것 같군요!"

키메라는 자연 상태의 몬스터나 동물을 인위적으로 배합하거나 연금술로 이어 붙여 만든 생명체다.

지금 저 키메라는 트롤과 오우거, 오크, 고블린, 셀로브 등
이 함께 섞여 있는 것 같았다.

샤샤샤샤샥!

여덟 개의 거미 다리를 가진 키메라는 하진에게 바다 괴물
의 촉수를 뻗었다.

츄르르륵!

촉수는 바닥을 뚫고 하진의 발밑에서부터 튀어 올라와 그
의 몸을 양분시키려 했다.

"…징그러운 자식 같으니!"

재빨리 뒤로 몸을 한 족장 물린 하진은 엘리메이더의 창으
로 그 촉수를 찔러 버렸다.

퍼억!

끼에에에에엑!

하나의 촉수가 잘려나가긴 했지만 놈에겐 아직 20개나 되
는 촉수가 남아 있었다.

키메라는 하진에게 일격을 맞고 난 후 곧바로 동굴 벽을 타
고 재빨리 올라가기 시작했다.

파바바바밧!

"젠장! 벽을 탈 수도 있는 것인가!"

"도대체 저런 놈을 어떻게 잡으라는 거야!"

엠블라는 공황에 빠진 공격대에게 묘책을 내어놓았다.

"케레니슨, 나를 좀 도와줘요."

"…말만 해라. 저 빌어먹을 놈만 없앨 수 있다면 무엇이든 하겠다."

"제가 스토커를 소환해서 저놈의 심장을 추격하도록 할 테니 당신은 스토커가 만들어내는 불빛을 정조준해서 사격해 줘요. 할 수 있겠어요?"

"할 수는 있다. 하지만 탄환 한 방으로 저 두꺼운 몸통을 뚫을 수 있겠어?"

가버가 자신이 그에게 힘을 실어주겠다고 나섰다.

"내가 마공탄에 마력을 불어넣어 주지. 그 위에 엘린의 파이어애로우를 캐스팅하면 저놈들을 잡을 수 있을 거야."

"좋아, 한번 해보도록 하지."

이윽고 엠블라는 암속성 마법을 캐스팅하여 스토커를 소환해 냈다.

"스토커!"

꾸르르르륵!

마치 젤라틴처럼 흐물흐물한 질감의 박쥐 스토커가 그녀의 머리 위로 떠올랐다.

"저놈의 심장을 추격해라!"

"꾸륵, 꾸륵!"

마치 끈끈한 점성 물질에 기포를 일으키는 것 같은 대답 소리가 들리더니 스토커가 사뿐히 날아 적을 추격하기 시작했다.

엠블라는 그런 스토커의 머리 위로 암속성 백마법인 나이트라이트를 걸어주었다.

"나이트라이트!"

스르릉, 팟!

두 개의 마법이 동시에 시전되자, 스토커는 하나의 점이 되어 키메라를 추격하기 시작했다.

장총수 케레니슨은 바닥에 엎드려 저격에 최적화된 자세로 총구를 잡았다.

찰칵!

그가 장전 손잡이를 뒤로 당기자 파란색 마공탄이 그 빛을 드러냈다.

가버는 그의 마공탄에 속성 부여 마법을 걸어 엘린의 캐스팅이 스며들도록 했다.

끼이이이잉!

엘린은 그가 속성 부여 마법을 걸자마자 찰나의 타이밍을 이용하여 파이어애로우를 캐스팅해 주었다.

"파이어애로우!"

적에게 닿자마자 폭발하는 불꽃 화살 마법인 파이어애로우가 탄환에 섞여 날아간다면 가공할 만한 위력을 발휘하게 될 것이다.

케레니슨은 파이어애로우 마법이 부여된 속성탄을 장전했다.

철컥!

"후우!"

그는 자신의 마력을 손가락과 가늠자에 집중시켰다.

우우우웅!

그러자 노란색 오오라가 피어오르면서 저격 마법이 시전되었다.

그가 시전한 마법은 오른 눈의 시력을 비약적으로 상승시켜 주고 총구의 흔들림을 거의 제로로 만들어주어 오차 범위를 좁히는 마법이다.

케레니슨은 여기에 탄환의 바람 제어 마법인 '롤스크린'까지 시전했다.

롤스크린은 탄환이 바람이나 습기, 온도 등에 영향을 받지 않도록 오조준하는 마법이다.

이 마법을 사용하기 위해선 바람과 습기, 온도를 정확하게 이해하고 그것을 계산하여 적용할 줄 알아야 한다.

케레니슨은 고도의 훈련을 거쳐 스스로 그 계산법을 터득하였고, 그것을 마법으로서 구현할 수 있는 경지에 이른 것이다.

키메라가 천장에서 떨어져 내릴 때쯤, 케레니슨의 호흡이 한 차례 폭발했다.

"흐읍! 후-우!"

타앙!

그의 장총이 탄환을 사출시키며 푸른색 파장이 동굴을 울렸다.

콰앙!

"으윽!"

마공탄이 뿜어내는 후폭풍으로 인해 귀가 따갑게 울렸지만, 사격자 본인은 아무런 미동도 없었다.

그는 그저 다음 사격을 위해 그 자리에서 누워 장전 손잡이를 당길 뿐이었다.

찰칵!

그리고 대략 1초 후, 파이어애로우가 동굴 천장에서 떨어져 내린 키메라의 심장에 정확하게 틀어박혔다.

퍼억, 콰앙!

"명중입니다!"

"…휴우, 실패하는 줄 알았네!"

단 일격으로 바닥에 산산조각이 난 채 널브러져 버린 키메라의 시신은 아직도 팔딱팔딱 뛰어다니며 생명력을 유지하고 있었다.

하진은 그 조각을 전부 자루에 담고 그 입구를 단단하게 묶어버렸다.

파닥, 파닥!

"조심해라. 잘못하면 이놈들에게 물릴 수도 있으니까."

"징그러운 놈들, 죽어서도 움직이는 것들이라니. 역겨워서 구역질이 나려고 하는군."

"일이야 어찌 되었건 간에 이번 레이드에서 목표한 바를 이뤘으니 밖으로 나가자고."

공격대가 하진을 따라 기수를 돌리자, 입구에선 때 아닌 진동이 느껴졌다.

쿠그그그그그그!

"뭐, 뭐지?"

"뭔가 또 있는 건가?"

보병들은 방어진을 펼쳤고, 궁수들은 긴장된 표정으로 전방을 주시했다.

그리고 잠시 후, 그들의 앞에 도저히 수를 헤아릴 수조차 없을 정도로 많은 고블린이 모습을 드러냈다.

"키헥, 키헥!"

"고블린?"

"하지만 색이 다릅니다! 검은색 고블린이 있다는 소리는 들어본 적이 없어요!"

"…저놈들도 변종인 모양이군."

원래는 초록색 몸통에 노란색 눈을 가지고 있어야 할 고블린이 검은색 몸통에 붉은색 눈을 하고 있다.

아무래도 실험으로 인해 고블린의 아종이 탄생한 모양이다.

스릉!

"별수 없지. 저놈들을 뚫고 던전을 나가는 수밖에!"

"전군, 공격 준비!"

하진이 창을 뽑아 들자마자 고블린들이 물밀 듯이 밀고 들어왔다.

"키헤에에에엑!"

"죽어라!"

퍼억!

병사들은 또 한 차례 혈전을 벌이며 한 발자국씩 전진해 나갔다.

＊　　　　＊　　　　＊

라스리 공국 내 아케인 왕족 사설 관저에 라이너스가 들어가 있다.

기사와 병사들이 사설 관저 앞을 철통같이 지키고 있는 가운데 허름한 행색의 에네스가 그 앞에 섰다.

"…금수저는 뭐가 달라도 다르군."

공국 내에 있는 사설 관저는 라스리 공왕이 사는 성채보다 훨씬 더 화려하고 고풍스러운 맛이 있었다.

한마디로 타국의 왕족이 가끔씩 기거하는 별장 정도가 공왕의 거처보다 좋다는 뜻이다.

망국의 왕세자인 그에겐 도저히 상상조차 할 수 없는 압도적인 차이였다.

기사들은 에네스가 도착함과 동시에 관저 내로 들어가는 마차를 준비하여 그의 앞에 대령했다.

"어서 오십시오. 전하께서 기다리고 계십니다."

"고맙소."

수행 기사들의 도움을 받아 관저의 중앙 저택으로 들어가는 길은 무려 15분이나 걸렸다.

길이 잘 닦아 있는 마찻길을 달려 15분이나 걸렸다는 것은 걸어서는 하루 종일 가야 도착할 거리라는 소리다.

한마디로 이 안에서 잘못 길이라도 잃게 되면 지도 없이는 돌아가기 힘들다는 뜻이다.

'대단하구나.'

그는 수려한 관저의 풍경에 넋을 잃고 말았다.

순백색 대리석과 호박석으로 수놓아진 도로를 필두로 금화

초와 도라지꽃이 흐드러지게 피어 있고, 그 안으론 버드나무와 형형색색의 꽃나무들이 즐비해 있다.

정원의 풍경을 구경하는 것만으로도 하루가 모자랄 지경이다.

잠시 후, 중앙 저택 앞에 도착한 에네스는 입을 떡 벌릴 수밖에 없었다.

"이, 이게 바로……."

"중앙 저택입니다. 안으로 들어가시면 시종들이 안내할 겁니다."

"고, 고맙소."

왕족의 별장이 유피란츠 왕성보다 훨씬 더 세련되고 고급스러운 느낌이 들었다.

아마 구 칼리어스의 귀족들이나 유피란츠의 귀족들이 이 모습을 본다면 당장 궁부터 뜯어고쳐야 한다고 난리를 쳤을지도 모른다.

'별장이 이 정도인데 본성은 도대체 얼마나 화려하다는 것인가? 도저히 내 머리로는 상상조차 할 수 없군.'

가늠할 수 없는 스케일에 머리가 아파오는 그에게 시종장이 다가왔다.

"유피란츠 왕세자이시군요."

"그렇소."

"전하께서 기다리십니다. 서두르시지요."

그가 기다린다는 말에 시종의 뒤를 헐레벌떡 따라서 종종 걸음으로 걷는 에네스다.

이미 왕족이라는 프라이드를 버린 그에게 종종걸음이란 그리 꺼림칙한 것이 아니었다.

이윽고 그는 아케인 왕국의 정치적 실세이자 절대왕가의 아들 라이너스가 있는 방 앞에 섰다.

똑똑.

"전하, 손님께서 오셨사옵니다!"

"들라 하라."

제국의 황족 이외에는 사용이 금지되어 있는 극존칭이 이곳에선 아무렇지도 않게 사용되고 있었다.

아케인 왕국은 스스로 제국을 선포하지 않았을 뿐, 수많은 연맹이 그들의 영향력 아래 있었다.

아마 아케인 왕국이 마음만 먹는다면 그 휘하의 연맹들이 알아서 황제의 칭호를 선사하게 될 것이다.

그러니 그들이 황족과 같이 행동한다고 해서 헤이슨이나 신성제국에서는 별다른 이의를 제기할 수 없었다.

전면전으로 붙는다면 헤이슨 제국이나 신성제국이나 아케인의 저력을 쉽사리 꺾을 수 없기 때문이다.

시종의 인기척을 들은 라이너스가 직접 일어나 문을 열었다.

끼이이익.

"어서 오시오. 기다리고 있었소이다."

"왕자 전하를 뵙습니다!"

"같은 왕자끼리 격식은 차리지 맙시다. 이쪽으로 드시오."

"예, 전하!"

독선적이고 딱딱하기만 하던 라이오니슨과 다르게 라이너
스는 상당히 신사적으로 그를 대했다.

그는 직접 우린 허브레몬차를 권하며 대화의 물꼬를 트려
했다.

"앉으시구려. 나도 금방 도착한 터라 마땅히 대접할 것이
없소. 정원에서 딴 레몬과 허브로 우린 차요. 한 잔 하시겠
소?"

"감사합니다, 전하."

라이너스는 그의 잔에 차를 따르며 멋쩍게 웃었다.

"그나저나 같은 왕자끼리 누구는 전하, 누구는 하오체를 쓴
다는 것이 못내 마음에 걸리는구려."

"그것은 당연한 이치입니다. 듣기론 성품이 인자하셔서 아
랫사람에게 넉넉하게 관용을 베푼다 들었습니다. 하지만 저는
관용의 틀을 이미 벗어났습니다. 망국의 왕세자는 이미 왕족
이 아닙니다."

"상당히 단도직입적인 말이시구려. 뭐, 귀하의 입장이 그러

하다면 어쩔 수 없지. 하지만 언젠가는 나를 편하게 대할 날이 분명히 올 것이오."

그는 에네스에게 이번 협상에서 얻어낸 것들에 대해 물었다.

"그건 그렇고, 이번 협상에서 꽤나 두둑한 배짱을 보여주셨다고 들었소. 어떻게 된 것이오?"

"그저 제가 할 수 있는 것을 했을 뿐입니다."

"할 수 있는 것이라……."

"가진 것이라곤 목숨 하나뿐인데, 저들에게 협상을 걸 재간이 없었습니다. 그래서 목숨을 담보로 내건 것이지요."

"대단하시오. 에멘트 공국의 함대는 우리 아케인 왕국도 껄끄럽게 생각하는 강대 세력이오. 그들의 함포는 상상을 초월할 텐데, 어찌 그런 배짱을 부릴 생각을 하셨소?"

"사람이 궁지에 몰리니 별의별 생각이 다 들더군요."

라이너스는 아주 흥미롭다는 듯이 몸을 앞으로 쭉 뺐다.

"그래, 그때엔 무슨 생각이 들더이까?"

"그냥 살아야겠다, 그런 생각밖에는 없었습니다."

"살고자 죽음의 길을 택했다. 아주 드라마틱한 일이 아니오? 우리 왕국의 공주들이 들으면 까무러치며 기뻐할 대범함이오."

"과찬이십니다."

"하하, 아니오. 정말로 우리 아케인 왕국의 공주나 영애들은 남자다운 남자를 좋아한다오. 아마 그대가 우리 왕국에 손님으로 온다면 결혼을 하겠다고 줄을 서는 여자가 한둘이 아닐 것이오."

계속되는 그의 칭찬에 에네스는 쑥스럽다는 듯이 뒤통수를 긁적거렸다.

"…과찬이 너무 지나치십니다. 저는 그럴 만한 그릇이 못 됩니다."

"아니오. 귀공은 너무 자신을 낮추는 경향이 있구려. 그대는 거울도 안 보고 산단 말이오?"

"그, 그건……."

라이너스는 그에게 장수들이 신호용으로 사용하는 거울을 건네며 말했다.

"거울을 한번 보시구려. 그대의 얼굴은 분명 잘생겼소. 이런 얼굴은 때론 무기가 될 수도 있다오."

"무기라……."

"나와 함께 정치판으로 갑시다."

순간, 에네스가 고개를 갸웃거렸다.

"그, 그게 무슨 말씀이십니까? 망국의 왕자가 정치판에 끼는 것은 불문율입니다."

"그렇소. 단독으로 정치판에 끼는 것은 불문율이지. 우리가 유피란츠 왕국을 점령하면서부터 그대들은 우리의 인질이자 권속이기 때문이오. 하지만 만약 그대가 우리 아케인 왕국의 공주와 결혼한다면 어떻게 되겠소?"

"……!"

라이너츠는 그에게 금반지를 하나 빼어주며 말했다.

"잘생긴 얼굴은 얼굴값을 한다고들 하더이다. 내 형님이 그랬고 부왕께서도 그러셨소. 하지만 나는 아케인 왕국에선 영 씨알이 먹히지 않더군."

"……."

"어떻소? 나를 대신해서 얼굴값 좀 해주실 수 있겠소이까?"

에네스는 그의 제안을 쉽사리 받아들일 수가 없었다.

"저는……."

"너무 어렵게 생각하지 마시오. 그냥 물 흐르듯이 자연스럽게 사랑을 하면 되는 것이라오."

그는 에네스에게 자신의 제안을 거절하지 못하게끔 유혹적인 미끼를 던졌다.

"공주와 결혼하게 되면 부마가 되는 동시에 귀족으로서 작위를 받게 되어 있소. 그것도 우리 왕국의 제후로서 말이오."

"……!"

"그대의 왕국이 다시 사는 길, 그것은 다름 아닌 그대의 결혼뿐이라는 말이외다."

에네스는 깊은 고민에 빠지지 않을 수 없었다.

"저, 저는……."

"내일까지 진득하게 생각해 보시오. 내가 돌아갈 함대가 정오에 출발할 것이오. 그때까지 생각해 보고 답을 내어주시구려."

"예, 전하."

"그만 나가보시오. 먼 길 오셨을 텐데 편하게 쉬시구려."

"감사합니다!"

뒤돌아서는 에네스의 심경이 마구 복잡해져 갔다.

제9장
사람과 개발

　늦은 오후, 하진은 창이 굳게 닫혀 있는 던전의 문을 뚫고 나왔다.

　콰앙!

　"허억, 허억! 죽는 줄 알았네!"

　검은색 고블린들의 시신은 짙은 어둠의 기운이 감싸고 있어서 보통의 고블린에 비해 서너 배 정도 강력한 힘을 가지고 있었다.

　레벨로 따진다면 일반적인 고블린의 족히 두 배는 되는 이른바 '블랙 고블린'의 저력은 대단했다.

목숨을 잃은 병사들은 없었지만 크고 작은 중경상이 많아서 더 이상의 전투는 치를 수 없을 것 같았다.

"이 정도 피해로 전투가 마무리된 것은 그야말로 신의 축복입니다. 정말 죽을 뻔했군요. 어서 마을로 돌아가 부상자들을 돌봐야 할 것 같아요."

"그대의 말에 동감하는 바이오."

가버와 엠블라는 부상자들을 치료하는 것이 급선무라고 동굴에서부터 계속 얘기하고 있었다.

하진은 전장을 수습하는 보병들을 제외한 군사들에게 부상병들을 후송할 수 있도록 지시했다.

"해리슨, 부상병들을 데리고 옹성으로 돌아가게. 나는 이 시신들을 챙겨서 곧 뒤따라가겠네."

"예, 대장님. 하지만 시일이 너무 지체된다 싶으면 그냥 시신을 버리고 오십시오. 이제 곧 해가 떨어지려 합니다."

"그래, 잘 알겠네."

뉘엿뉘엿 해가 지고 있다는 것은 이곳이 다시 한 번 우악스러운 괴물들로 가득 찰 수도 있다는 소리였다.

엠블라는 소달구지에 경량화 마법을 걸고 엘린은 물소에게 헤이스트를 걸어주었다.

인간에게 적용되는 헤이스트는 불과 5분도 안 되어 수명이 다할 수밖에 없지만 소는 달랐다.

체력적으로 소와는 비교도 할 수 없을 정도로 약한 인간은 행동이 빨라진 만큼 체력 소모가 급격해지기 때문이다.

하지만 물소는 행동이 빨라지는 것을 중화시킬 수 있을 만큼의 체력을 가지고 있어 헤이스트를 30분간 유지할 수 있었다.

더군다나 달구지에 경량화 마법이 걸려 있어서 사람이 속보를 하는 것과 비슷한 속도로 걸어갈 수 있을 것이다.

하진은 달구지에 고블린과 키메라의 시신을 최대한 많이 쌓고 그것을 새끼줄로 동여매어 짐을 단단히 고정시켰다.

대략 30분간 전장을 정리한 하진은 해시계를 들어보았다.

"저녁 먹을 시간이 다 되었군. 해가 완전히 지려면 대략 20~30분쯤 걸리겠는데?"

"그 시간 안에 돌아갈 수 있을지 모르겠군."

"최대한 노력해 봐야지."

전장을 거의 다 수습하니 땅거미가 짙게 내려오고 있다. 이제 하진은 지체할 시간이 없다는 것을 절감했다.

"가자. 더 이상 이곳에 있다간 우리가 다치겠어."

"예, 대장님."

병사들이 달구지를 함께 밀며 교량까지 다가왔을 때다.

스르르르릉!

"…반딧불?"

"대장님! 이제 곧 몬스터들이 몰려올 것입니다!"

"빌어먹을! 초저녁에도 반딧불이가 날아오른단 말이야?"

"도무지 종잡을 수 없는 곳이군!"

간편하게 반딧불이라고 부르고 있긴 했지만 그들의 주변을 맴돌고 있는 이 불빛은 어디까지나 정체불명이다.

어찌 되었건 이 정체불명의 불이 떠오른다는 것은 곧 몬스터가 들이닥친다는 뜻이었다.

"서둘러라! 시간이 별로 없어!"

"예, 대장님!"

바로 그때, 저 멀리서부터 엄청난 진동이 느껴지기 시작했다.

쿵쿵쿵쿵!

"어, 어어……."

"대장님, 이건……."

"제기랄! 또 트롤들이다!"

이젠 발소리만 들어도 얼마나 큰 놈들이 달려오는지 알 수 있을 정도로 악전고투의 전야를 보낸 병사들이다.

하진은 병사들을 서둘러 교각 건너편으로 보냈다.

"어서 가라! 시신들을 가지고 교각을 건넌 후에 이것을 파괴하고 길을 차단해야겠어!"

"하지만 그렇게 되면 우리가 고립되고 맙니다!"

"교각은 만들면 그만이지만 사람은 죽으면 되살릴 수 없다! 어서 가라!"

"…알겠습니다!"

목재와 비축 식량이 얼마 남지 않은 상황에서 교각이 끊긴다면 식량 수급에 어려움이 생길 수도 있었다.

하지만 지금 하진에게 남은 선택지는 그리 많지가 않았다.

"화포수, 교각을 공격해라!"

"예, 대장님!"

하진은 자신이 건너온 교각에 마공포를 쏘아댔다.

쾅쾅쾅!

목재로 만든 교각이 끊어짐에 따라 트롤들은 섬을 건너지 못한 채 고착되고 말 것이다.

크아아아앙!

"쌤통이다, 이 자식들아!"

병사들인 이제 한숨 돌렸다 싶어 가쁜 숨을 몰아쉬고 있었지만, 그것은 공격대의 착각에 불과했다.

쿠오오오오!

"놈들이 걸어서 바다를 건넙니다!"

"빌어먹을! 물때가 바뀌어서 수심이 낮아진 모양이야!"

"이젠 어쩝니까?"

하진은 병사들과 함께 다시 한 번 항쟁의 밤을 보내기로 마음먹었다.

"별수 없지. 이곳에 진을 치고 다시 전투를 벌이자. 그나마 놈들이 절벽 아래에 있으니 등반해 오는 놈들만 골라서 죽이면 그리 힘은 들지 않을 것이야."

"…정말 고된 이틀이 되겠군요."

"고지가 눈앞이다! 힘내서 놈들을 족치고 돌아가 편하게 휴식을 취하는 거다!"

"예, 대장님!"

무려 이틀째 제대로 잠도 자지 못한 공격대이지만 다시 무기를 잡고 몬스터를 사냥해 나갔다.

*　　　　*　　　　*

다음날, 하진은 몬스터 레이드에서 얻은 재료와 아이템들을 가지고 옹성으로 돌아왔다.

마을 주민들은 병사들이 편히 쉴 수 있도록 이미 석재와 목재를 다듬어 아교만 있으면 작업할 수 있도록 준비를 해두고 있었다.

마을로 돌아와 충분히 휴식을 취하고 밖으로 나온 하진은 고약한 냄새에 코를 막았다.

"…이게 도대체 무슨 냄새야?"

"몬스터의 시체를 푹 고아내니 이런 냄새가 납니다. 그나마 아교가 말라서 옹벽을 생성하고 나면 냄새가 덜 나서 참을 만합니다."

"그, 그렇군."

암속성 몬스터를 푹 삶아서 까만 국물까지 우려내고 나면 쓸쓸하고도 텁텁한 인분 냄새가 진동했다.

하지만 그럼에도 불구하고 마을 주민들은 쉬지 않고 몬스터 아교를 만들어내고 있었다.

'우리만큼 저들도 악전고투를 하고 있었군.'

병사들이 목숨을 거는 만큼 마을 주민들도 손을 놓고 가만히 구경만 하고 있지는 않았다.

하진이 레이드를 떠난 동안 꽤 많은 집터가 완성되어 뼈대 공사를 기다리고 있었고, 주변엔 목재와 석재가 충분히 축적되어 있었다.

그들 역시 고난과 역경을 단합으로 이겨내고 있었던 것이다.

병사들과 함께 옹성으로 나간 하진은 트롤의 가죽으로 만든 작업복에 장갑을 끼고 금이 간 옹벽을 채우기 시작했다.

턱!

"으음, 냄새는 고약해도 점성은 아주 좋군!"

"이 정도 점성이라면 집을 짓는 데 사용해도 아주 좋겠습니다."

"그러게 말이야. 이것만 있으면 건축 시간이 절반은 줄어들 것 같군."

목숨을 걸고 레이드를 다녀온 보람은 이럴 때 생겨나는 법이다.

하진과 병사들은 신명나는 몸짓으로 옹성을 보수해 나갔다.

그날 밤, 옹성을 모두 보수하고 나니 밤이 아주 든든했다.

쿠오오오오!

몬스터의 울음소리가 계속 들려오긴 했지만 옹성이 탄탄하게 버티고 있어서 밤이 무섭지는 않았다.

하진은 측근들과 함께 몬스터들이 운집해 있을 것으로 예상되는 옛 교두보로 향했다.

크르르르릉!

"저놈들, 사실은 이곳까지 올라오는 데 문제가 있었군."

"멍청한 놈들이군. 자기들끼리 물어뜯고 싸우느라 이곳까지 못 올라오다니 말이야."

트롤들이 물에 닿으니 성질이 더욱더 포악해져서 자신을 밟고 올라가는 동족을 가만히 내버려 두지 않았다.

그렇다 보니 자기들끼리 치고받고 싸우는 바람에 위로 올라올 수가 없었던 것이다.

테르니온은 이 교두보가 천연의 해자가 될 것이라고 단언했다.

"이 앞에 옹성을 쌓는다면 이곳을 성문으로 사용하는 것이 좋겠네. 이렇게 깊은 해자가 있는데 이용하지 않을 까닭이 없지 않나?"

"하지만 저놈들이 제정신을 차리게 된다면 어떻게 합니까?"

"댐을 만드세."

"댐……!"

이곳 해자를 따라서 흐르는 해류를 막아 댐을 만든다면 트롤들을 익사시키기에 충분한 수심이 될 것이다.

어차피 트롤들이 빠져 죽기 딱 좋은 깊이만큼만 물을 가두어두면 해자 위로는 물이 차오르지 않을 테니 이보다 더 효과적인 방법은 없을 듯했다.

"역시 제독께선 생각하는 것도 남다르시군요."

"인간은 궁지에 몰리면 언제나 창의적으로 변하는 법이지."

하진은 이곳에 거대한 수문을 만들고 트롤들을 빠져 죽게 만들 계획을 세우기로 했다.

*　　　　*　　　　*

이른 아침, 화포수들이 만든 대포 소리가 섬 전체를 진동시키고 있다.

콰앙, 콰앙!

이들은 주도 서부에 있는 바위산을 대포로 두드려 바위 조각을 얻어내고 있었다.

하진은 이것들을 아교가 들어 있는 통에 넣고 굳혀서 댐의 수문으로 사용할 생각이다.

그리고 이것을 들어 올리는 것은 독에서 사용되는 거중기를 모티브로 하여 수문 위에 설치될 예정이다.

마을 주민 1천 명이 모두 투입된 이번 공사는 스케일이 큰 만큼 위험도도 그만큼 증가했다.

일단 하진은 해자의 지류 첫 번째 골목에 있는 물줄기를 돌로 막아 수문이 될 댐의 주변을 아교와 돌로 채워나갔다.

이렇게 단단하게 댐을 만들어놓아야 몬스터들이 물에 빠져 허우적대도 무너지지 않을 것이기 때문이다.

이 작업은 전부 수작업으로 이뤄지기 때문에 사람이 다칠 위험이 다분했다. 하지만 이런 위험을 감수하지 않으면 생존을 할 수 없다.

"아래로 바위 떨어집니다! 모두 피하세요!"

바닷물이 통하던 길목에 바윗덩이들이 떨어져 내렸고, 그곳에서 작업하던 사람들은 모두 지상으로 올라왔다.

쿠구구구구궁!

작업하는 인원을 제대로 통제하지 못하면 사람이 죽는 사태가 발생하기 때문에 현장은 그 어느 때보다 엄격하게 규제되고 있었다.

거대한 바윗덩어리들로 댐을 채우고 나면 곧바로 아교를 부어 점성을 높이고 그 위에 돌가루를 부어 단단함을 더했다.

약 한 시간 후, 하진은 그곳에 화포를 발사하여 단단함을 시험해 보았다.

펑펑펑, 빠악!

마치 돌로 바위를 치는 듯한 소리가 나면서 바닥에서 흙먼지가 피어올랐다.

"됐다. 이 정도면 제아무리 트롤이라고 해도 살아남을 수 없겠어."

"이제 수문만 설치하면 저 빌어먹을 놈들 때문에 잠을 설칠 필요가 없겠군."

"정말이야. 진짜 잠 좀 푹 자보고 싶어."

지금까지 두려움으로 인해 잠을 제대로 못 잔 병사들과 주민들은 이제 편안한 밤을 맞이할 수 있게 될 것이다.

다음날, 잠을 푹 잔 병사들의 얼굴에는 생기가 가득했다.

"좋은 아침이군."

"예, 대장님!"

하진은 오늘부터 시행하기로 한 제2웅성 공사를 시찰하면서 모자란 자재가 얼마나 되는지 파악하고 있었다.

"석재는 충분하지만 목재가 너무 많이 부족하겠군."

"주택들을 짓는 데에도 꽤 많은 목재가 들어갑니다. 이대로라면 집을 몇 채 지을 수 없을 겁니다."

"곧 2차 레이드를 떠나야겠어."

"2차 레이드라면……."

"이곳에 교두보를 놓고 다시 위험지역을 탐험해야 한다는 소리지. 최소한 그곳에서 목재를 조달해 가지고 올 때까진 사냥을 계속해야 하지 않겠나?"

해리슨은 하진의 의견과는 조금 다른 견해를 가지고 있는 것 같았다.

"그렇다면 육로가 아니라 수로를 이용하는 것은 어떻겠습니까?"

"수로라?"

"주도 남쪽에 항구를 짓고 그곳에 배를 띄우는 겁니다. 그리고 자재를 조달하는 곳에 베이스캠프를 차리고 그곳에서 나무를 베어오는 것이 더 빠르지 않겠습니까?"

"오호라, 그런 방법이 있었군."

"주민들의 안전만 보장된다면 이보다 더 좋은 방법은 없다고 생각됩니다. 목재 확보만 원활하게 이뤄진다면 농장과 목장을 짓는 일도 고려해 볼 수 있지 않겠습니까?"

하진은 해리슨의 말에 크게 공감했다.

"그래, 이런 생각을 진작 하지 못한 것일까?"

"그때는 우선 우리가 가진 유일한 옹성을 지키기 위해 어쩔 수 없이 앞만 보아야 했으니까요. 지금은 주변을 둘러볼 여유가 생긴 겁니다."

"좋은 변화다. 이런 변화가 계속되어야 사람이 살 수 있는 여건이 마련되는 거야."

그는 남부 해안가를 개발하여 항구로 변화시키기로 했다.

*　　　　*　　　　*

아펠트 군도의 주도에서 남쪽으로 이동하게 되면 키가 크고 튼실한 목재가 많은 유리튼 섬이 나온다.

유리튼 섬은 수풀 지대가 넓게 형성되어 있기 때문에 공격대가 평생 사용한다고 해도 목재가 마르지 않을 것이다.

하지만 문제는 그곳에 얼마나 많은 몬스터들이 자생하고 있는지 알 수가 없다는 사실이다.

하진은 항구를 만들고 남은 목재를 전부 이곳으로 투입시켜 임시 옹성을 만들 생각이다.

이곳에 확장 기지를 건설하지 못한다면 집을 짓는 것은 고사하고 농사를 지을 농기구조차 만들 수 없을 것이기 때문이다.

또한 유리튼 섬은 남부의 풍부한 채석장과 광산의 연결 허브이기 때문에 기필코 점령해야만 하는 곳이다.

하진은 임시 항구를 짓고 에밀리아호를 띄웠다.

솨아아아아!

바닷바람이 시원한 남부해안을 따라서 항해한 하진은 항해한 시간 만에 유리튼 섬에 도착했다.

유리튼 섬은 마치 성경에 나오는 에덴동산을 보는 것 같은 착각이 드는 아름다운 숲을 가지고 있었다.

"태초의 인간이 살던 곳 같은 느낌이 드는군."

"이곳에 몬스터가 살지 않는다면 마을을 지어도 좋겠다는 생각이 듭니다."

"언젠가는 그렇게 될 걸세."

연안에 배를 정박시킨 하진과 공격대는 유리튼에 임시 작업장을 만들기 위해 통통배로 자재를 실어 날았다.

앞으로 이곳에서 레이드를 벌여 몬스터 아교를 얻어낼 것이고 암흑 계열을 제외한 일반몬스터를 잡아서 얻은 가죽으로는 막사를 지을 계획이다.

하진은 임시 옹벽을 짓기 위한 방편으로 조립식 나무 성벽을 선택했다.

지상에서 지어온 나무 성벽을 부품처럼 따로 분리시켜서 임시 작업장 앞에 세워 조립하는 것이다.

그렇게 되면 몬스터의 습격을 받을 위험도가 적어지는 동시에 시간도 절약할 수 있었다.

뚝딱, 뚝딱!

튼튼하게 목책을 세우고 이곳에 베이스캠프를 설치한 하진은 이제 근방의 나무들을 벌목하고 그곳을 수색로로 사용할 것이다.

한창 목책을 세우고 있는 하진의 귀에 한 병사의 목소리가 들려왔다.

"대장님! 이곳에 사람이 살던 곳으로 보이는 집이 있습니다!"

"집?"

벌목에 열중하느라 주변을 둘러보지 않은 하진은 이곳에 집이 있다는 사실조차 인지하지 못했다.

그는 나무로 지은 오두막으로 들어가 그 내부를 살펴보았다.

끼이익!

"쿨럭쿨럭! 먼지가 꽤 많은데?"

"아무래도 꽤 오래 사람이 살지 않은 것 같습니다. 가구나 침대도 그대로고요."

"흠, 그냥 집을 버리고 도망간 것일까?"

하진은 옷장을 열어 어떤 종류의 의복이 있는지 확인해 보았다.

철컹!

옷장을 열어보니 녹색 가죽으로 된 갑옷과 바지가 정갈하게 걸려 있고, 수납장에는 몬스터의 뼈로 된 보호대가 들어 있다.

그는 이곳이 바로 100년 전에 파병된 레인저의 집이라는 것을 알 수 있었다.

"레인저들이 이그리스가 죽으면서 집을 떠난 모양이군."

"그렇다는 것은 이곳엔 몬스터가 없다는 뜻이지 않습니까? 레인저들이 집을 지을 정도라면 위협이 없다는 소리이기도 할 테니까요."

"하긴, 그럴 수도 있겠군. 하지만 간조가 될 때면 물이 꽤 많이 빠지니까 몬스터가 건너왔을 수도 있다. 일단 수색을 펼쳐 안전을 확보할 때까진 경계를 늦추지 말도록."

"예, 대장님."

병사들은 오두막을 필두로 장벽을 완성해 나가기 시작한다.

장벽을 완성시킨 후, 하진은 공격대를 이끌고 오솔길을 필두로 수색로를 개척해 나갔다.

꽤 많은 가시덤불이 돋아나 있기는 했어도 원래 사람이 살던 곳인지라 길을 찾는 데 어려움은 없었다.

늦은 오후, 하진은 섬 전역을 모두 돌아볼 수 있었다.

"아무래도 위협이 될 만한 요소는 없는 것 같습니다. 교각이 워낙 낡아서 몬스터들이 타고 넘어오지 못한 것 같고요."

"그래, 내가 보기에도 그렇군."

이곳은 사방이 절벽에다가 바닷물이 꽤 깊어서 조수간만의 차로도 수심이 그리 낮아지지 않는 것 같았다.

때문에 크기 15미터 이상의 몬스터가 아니라면 결코 바다를 건널 수 없었던 것이다.

더군다나 이곳은 해류가 상당히 강하게 휘몰아치는 곳이기 때문에 다리가 꽤 일찍 부식된 것으로 보였다.

네 개의 교두보가 모두 끊어져 아주 안정적인 작업장이 형성된 것이다.

"이곳이야말로 천혜의 요새라고 할 만하군."

"병사 열 명을 배치하고 구조선까지 갖추고 난다면 이곳에서 자재를 조달해도 괜찮을 것 같습니다."

"그래, 그렇게 하도록 하지."

테르니온이 말한 것처럼 이곳에서 자재를 실어다 본진으로 나른다면 꽤 빨리 집을 완성시킬 수 있을 것이다.

하진은 이곳의 목책을 조금 더 강화시키고 민간인 목수들을 데리고 오기로 했다.

*   *   *

보름 후, 아펠트 군도의 주도에 100채의 나무 주택이 들어섰다.

앞으로 보수할 곳이 많긴 하지만 온돌로 방을 데울 수 있고 비바람을 막아줄 벽과 지붕이 꽤나 탄탄하게 자리를 잡은 집이었다.

원래대로라면 한 달이 넘게 걸릴 작업이었지만 몬스터 아교를 이용하여 공사 시간을 단축시킨 것은 그야말로 신의 한 수라고 할 만했다.

당분간 이곳에서 보름 동안 10명의 사람이 함께 지내다가 일주일 후에는 집을 50채 정도 더 지어서 사람들을 내보내면 완벽하게 가족 단위로 사람이 살 수 있는 여건이 조성될 것이다.

이제 하진은 주택을 짓는 인력을 반으로 나누어서 제2차 옹성을 짓고 곳곳에 방어 타워와 망루를 짓기로 했다.

아이온 캐논을 방어 타워에 설치하고 장총수를 배치할 수 있는 망루를 짓고 나면 대형 몬스터의 공습에도 충분히 대처할 수 있을 것이다.

쿵쾅, 쿵쾅!

산에서 채취해 온 석재를 바닥에 놓고 도르래를 연결한 거대한 떡메로 내려치자 공사에 사용하기 딱 좋은 크기로 재단이 되었다.

주민들은 이것을 아교로 얼기설기 이어 붙여 옹성을 연결하는 조각을 만들고 그것을 가지고 하나의 벽을 완성해 나갔다.

이런 식으로 제2차 옹성이 들어서게 될 20㎞를 다 채우면 항구를 재정비하고 농장을 짓게 될 것이다.

에밀리아는 하진에게 성벽의 축조 성과와 주택의 보급률에 대해 설명했다.

─성벽은 80%까지 완성되었습니다. 몬스터 아교가 꽤 큰 역할을 해주었기 때문에 성벽을 쌓는 것은 큰 문제가 되지 않았습니다. 주택 역시 일주일 내엔 모두 보급할 수 있을 겁니다.

'좋아, 이 정도면 다음 달엔 농사를 지을 수도 있겠어.'

─하지만 농장을 짓는다고 해도 농기구를 만들 철도 없고 파종할 씨앗도 없습니다.

'겉껍데기는 있는데 알맹이가 없다는 소리군.'

농사에 대한 지식이 거의 전무한 하진이지만 농사를 지으려면 씨앗이나 종자가 필요하다는 것쯤은 너무나도 잘 알고 있다.

그는 가버에게 몬스터 가죽과 같은 재료가 얼마나 가치가 있는지 물었다.

"가버, 시장에서 몬스터의 가죽과 뼈가 얼마에 팔립니까?"

"크기에 따라 다르지만 대형 트롤의 경우엔 같은 무게의 철보다는 많이 받을 거요."

"흠, 그렇다면 이것을 팔아서 식량을 조달하거나 식재료를 구입할 수 있을까요?"

"충분하오. 다만 우리가 이것을 팔 때 필요한 신분이 없다는 것이 문제지. 상단이라면 무릇 명성이 있을 텐데, 우리는 신뢰도가 아예 없어서 물건 값을 제대로 받지 못할 것이오."

두 사람의 대화를 듣고 있던 케레니슨이 불쑥 입을 열었다.

"신분이 없긴 왜 없어? 우리는 가우스트의 공격대이기도 하지만 아직까지는 공식적으로 검은 해골단의 깃발을 가지고 있다."

"그렇다는 것은……."

"이것을 가지고 암시장에 나간다면 좀 더 많은 돈을 받을 수 있을 거야. 원래 이런 물건은 암시장에서 더 많이 찾거든."

"검은 해골단의 명성을 이용해서 물건을 팔고 그 수익으로 식자재를 구입하자는 소리군."

"전설의 에밀리아호가 다시 등장했다고 소문만 살짝 풀면 오히려 더 많은 돈을 만질 수도 있겠지."

"흐음……."

가버는 케레니슨의 의견이 상당히 마음에 든 모양이다.

"생각해 보면 해적보다 더 좋은 신분도 없소. 평소에는 와이너스 장군이 준 신분을 사용하다가 물건을 팔 때는 해적의 신분을 이용하는 것이오."

"그러니까 이중 신분으로 거래를 하고 매입도 하자는 뜻이군요?"

"그렇소. 그렇게 된다면 피치 못할 사정으로 열강의 함대와 교전을 벌여도 누군가에게 피해가 갈 일도 없소."

하진은 해적의 깃발을 들고 몬스터의 가죽과 뼈를 판매하기로 했다.

"성벽을 완성하고 나면 100명으로 상선을 꾸려서 상단을 조직합시다."

"100명이라……. 선원이 상당히 모자랄 텐데?"

"아마도 칼리어스에서 도망친 부랑자가 더 있을 것이다. 그들을 규합한다면 선원을 충당할 수 있지 않겠나?"

"하긴, 망국의 유민이 우리밖에 없진 않을 테니."

"케레니슨, 만약 암시장을 찾는다면 어디로 가는 것이 가장 좋겠나?"

"당연히 헤이슨 제국이지. 헤이슨 제국의 영토에는 수많은 암시장이 존재한다. 아마 운이 좋다면 그곳을 지나는 노예선을 약탈해서 우리의 주민을 늘릴 수도 있을 거야."

"노예선이라?"

"모르긴 몰라도 지금쯤 칼리어스의 유민들이 꽤 많이 잡혀 가지 않았을까 싶군."

케레니슨은 지금까지 자신이 해적질을 하면서 보아온 전쟁의 생리에 대해 꺼내놓았다.

"제국은 한 나라를 약탈할 때 가장 이득이 되는 물건부터 챙긴다. 이 세상에서 가장 비싼 것이 과연 무엇이겠나?"

"…그렇겠군."

"듣기로는 칼리어스의 국왕이 죽기 직전까지 왕국에 남아 있었다고 하더군. 나는 그 심정이 십분 이해가 간다. 자신의 백성들이 죽어 흙으로 돌아간다면 몰라도 전쟁 노예가 되는 꼴을 보고 혼자서 눈을 감을 수가 없었던 거야."

"……."

테르니온은 하진에게 한 가지 제안을 했다.

"원래 이것은 있어선 안 될 일이네만, 우리가 검은 해골단의 깃발을 달고 제국을 약탈하는 사략 함대를 꾸리는 것은 어떻겠나?"

"사략 함대라……."

"물건과 재화는 몰라도 사람은 구하고 보는 것이 좋지 않겠어?"

"흐음."

케레니슨은 테르니온의 계획이 아주 마음에 드는 모양이다.

"그래, 제독의 말대로 상선과 사략 함대를 함께 꾸리는 것도 불가능하지는 않아. 지금처럼 전국시대가 계속된다고 친다면 사략 함대의 정체가 들통 날 리도 없지."

하진은 이 모든 계획을 지정하는 데 뭔가 획일화된 원칙이 필요하다고 느꼈다.

"좋아, 그렇다면 이 사안들을 가지고 주민 투표와 토의를 거치자고. 과연 어떤 원칙들이 있어야 할지 말이야."

"으음, 그것 참 좋은 생각이군."

늦은 밤, 하진은 주민들을 끌어 모아 토의를 주관하기로 했다.

제10장
약탈에는 약탈로

　며칠 후, 주민들의 투표로 사략 함대가 꾸려졌다.

　이들이 사략 함대를 꾸리며 반드시 지켜야 할 원칙으로 죄가 없는 함대는 건드리지 않는다 정했다.

　제국이 노예를 잡아다 유통시키는 것은 국제법상 위법은 아니지만 인류적으론 가히 파렴치한에 가까운 행위이다.

　주민들은 제국군을 비롯한 기타 열강들의 함대를 약탈하고 그들을 처단하는 것에 동의했다.

　또한 무슨 일이 있어도 노예해방을 최우선으로 하여 민생을 구제한다는 것을 이 함대의 가장 큰 이념으로 꼽았다.

그 밖에 공격대의 사냥 일정이나 건축 일정 등을 고려하여 사략 함대를 띄우는 시기는 식량을 조달할 때로 정했다.

어찌 되었건 간에 레이드는 마을이 먹고사는 데 가장 중요한 수단이기 때문에 뚜렷한 기간을 정해놓고 수시로 시행되어야 한다.

그렇게 하자면 건축 일정과 채집 일정을 잘 조율하지 않으면 불가능했다.

그리하여 마을의 전체적인 스케줄이 완성되었고, 이제 그것을 토대로 군대가 움직일 것이다.

오늘은 마을에 필요한 식량을 조달하는 함대가 출발하는 날이다.

일단 오늘은 에멘트 공국령을 떠나 대륙 동부 해안 인근에 있는 뒷골목 상단과 거래할 예정이다.

항해 일정은 대략 한 달 보름으로 이뤄질 것이며, 그동안 마을은 민병대와 소수의 수비군이 방어하게 된다.

뿌우!

검은 해골단의 깃발과 가상의 가문 '헤네시'의 깃발을 함께 챙긴 함대가 출발을 알린다.

이제 막 연인 관계가 된 마을 처녀들과 병사들은 눈물 어린 이별을 고했다.

"흑흑, 몸 건강히 잘 다녀와야 해!"

"꼭 돌아올게! 그러니 내 걱정 하지 말고 잘 지내야 해!"

하진은 이 젊은 연인들을 보면서 자신이 얼마나 중차대한 위치에 있는지 다시 한 번 절감했다.

그는 이 군사들을 털끝 하나 건드리지 않고 멀쩡히 데리고 오는 것이 최우선 과제라고 생각했다.

"이번 원정은 처음이니만큼 아주 신중하고 절제된 항해를 했으면 합니다."

"물론이네. 내가 선장으로 있는 한은 결코 시끄러운 일은 생기지 않을 거야."

테르니온은 자신이 가진 항해 지도를 바탕으로 최대한 안정적으로 항해할 것을 약속했다.

그는 테르니온에게 첫 번째 목적지에 대해 물었다.

"우리가 첫 번째로 물자를 보급하게 될 곳은 어디입니까?"

"지금은 아케인 왕국연방의 한 축이 된 파오니스 왕국이네. 이곳을 거쳐서 우리의 목적지인 네르니 공국으로 갈 것이네."

"단 한 번의 보급으로 충분하겠습니까?"

"병사들이 크게 움직이지 않는다면 한 번의 보급으로 충분하다네. 저들에게는 여유롭게 낚시나 즐기라고 전해두게나."

"후후, 잘 알겠습니다."

하진은 병사들과 함께 첫 번째 보급지인 파오니스로 향했다.

*　　　*　　　*

　파오니스로 가는 길목엔 열대어와 돌고래 떼의 향연이 펼쳐지는 아름다운 해역이 자리하고 있었다.

　촤라락!

　끼이이익!

　물보라를 뿌리며 사람들에게 친한 척을 하는 돌고래들의 모습은 중앙대륙에서 온 병사들에겐 아주 좋은 볼거리였다.

　병사들은 방금 전 그물로 잡은 물고기를 녀석들에게 던져주며 친분을 쌓고 있었다.

　하진은 이 광경이 상당히 인상 깊다고 생각했다.

　"바다는 바다만의 매력이 있군요."

　"바다에서 태어나 선상 생활을 오래하면 육지에선 못 살아. 마도로스들이(Matroos) 왜 바다에서 못 벗어나고 배 위에서 죽겠나? 바다는 그만한 매력이 있기 때문이지."

　"그렇군요."

　풍요로움이 가득한 바다를 가로질러 상선들이 지나가는 길목에 도달한 에밀리아호는 저 멀리 한 무리의 함대와 마주했다.

　망루 위에 올라 있던 케레니슨은 하진에게 제국의 함대와 조우했음을 알렸다.

"대장! 전방에 헤이슨 제국의 함대가 보인다!"

"숫자는?"

"전함 한 척에 보급선 네 척이다! 중간중간에 수송선도 보이는군!"

"규모가 꽤 되는 것 같은데?"

하진은 직접 망원경을 꺼내어 헤이슨 제국의 함대를 살폈다.

전함의 크기는 에밀리아호와 거의 비슷했지만 대포의 숫자가 상당히 많았다.

만약 저들이 연속으로 사격한다면 배의 갑판이 몇 초 안에 산산조각이 날 정도이다.

"만만치 않겠군."

"하지만 저들은 노예들을 데리고 있는 것 같다! 수송선을 잘 봐!"

수송선은 사람과 짐승을 태운 것을 구분하기 위해 깃발을 다르게 꽂아놓는데, 저 수송선의 깃발은 분명 제국의 것이었지만 갑판 위에는 남루한 차림의 사람들이 줄을 지어 앉아 있었다.

"…분명하군. 노예선이 확실해."

"대장, 자네가 선택하게. 원칙대로 저들을 구출할 것인가?"

하진은 원칙을 수행할 결연한 의지를 표명했다.

"좋습니다. 이대로 조용히 다가가 공격하시지요."

"그래, 알겠네."

일단 테르니온은 기수에게 흰색 깃발을 망루에 꽂도록 지시했다.

처음 흰색 깃발을 보여주고 접근해 적이 방심하는 틈을 타서 전함을 나포하고 그 안의 적을 전부 다 도륙 내 버린다면 아군의 희생은 없을 것이다.

하진은 에밀리아와 연결했다.

'에밀리아, 이 전함이 가지고 있는 특수한 능력이 어떻게 되지?'

—바람 계열 마법을 사용하여 동력을 얻을 수 있습니다. 노를 젓지 않아도 배가 그에 준하는 속도로 달릴 수 있지요.

'다른 능력은?'

—에고스톤이 관장하는 구역에 함포를 배치하면 자동으로 발사할 수 있습니다. 또한 선미에 백병전에 사용하기 위해 만들어진 노포가 장전되어 있습니다. 측면에는 걸침 사다리가 있고요.

'그런 기능들이 있었나?'

—지하로 내려가 보시겠습니까?

하진은 잠시 배의 지휘를 테르니온에게 맡기고 지하 포실로 내려갔다.

아이온 캐논이 정렬해 있는 포실로 내려온 하진에게 에밀리아가 설명을 시작했다.

ㅡ이곳은 에고스톤이 중앙 제어를 할 수 있는 작은 신경 체계를 구축하고 있습니다. 제가 중앙 제어를 하게 되면 알아서 공격을 감행할 수 있습니다.

"흠, 그렇군."

ㅡ포실에는 포를 설치하기 위한 포대가 있고 그 옆에는 작은 통이 있을 겁니다. 그 통에 나 있는 굵은 선을 포의 장탄실에 연결시키게 되면 마력장치가 포탄을 자동으로 장전하게 됩니다.

"한마디로 스스로 사격하는 자주포인 셈이군."

ㅡ그렇게 보시면 편할 겁니다. 포탄은 포실 바닥에 있는 작은 실선을 따라서 마력으로 끌어당깁니다. 그렇게 해서 장탄실로 탄환이 들어가게 되면 격발장치와 연계하여 사격이 가능해지는 것이지요.

"포탄은 항상 떨어지지 않게 관리를 해주어야 한다는 소리군."

ㅡ정확합니다.

이제 하진은 어떤 형식으로 전투를 벌여야 하는지 알 것 같았다.

"좋다, 그렇다면 지금의 배치를 조금 바꾸어도 문제가 없겠군?"

─물론입니다. 다만 배의 방향을 바꾸는 등의 중요한 결정은 사람이 내려야 하니 항해사는 꼭 필요합니다.

"알겠어. 그럼 그에 맞춰서 배치를 조정하도록 하지."

─나머지는 명령만 내려주신다면 제가 알아서 조치하겠습니다.

"그리하도록."

에고스톤이 제대로 된 주인을 만나 과연 얼마나 대단한 힘을 발휘하게 될지 기대를 해보는 하진이다.

*   *   *

헤이슨 제국 제5함대사령부 소속 천인대장 예일슨은 칼리어스에서 노획한 난민 노예들을 본국으로 수송하는 임무를 맡았다.

지금 그가 칼리어스 반도에서 데리고 온 노예는 총 500명으로, 이 정도 규모면 거의 사상 최대라고 볼 수 있었다.

천인대장이 세 명이나 참가한 이번 작전에는 병사 400명과 보급선 네 척, 물자 보급은 5개월 치가 지원되었다.

작전의 규모가 큰 만큼 예일슨의 부담감도 더욱 커져가는 것이 사실이었다. 하지만 그는 병사들 앞에서는 사뭇 여유로운 모습으로 일관했다.

"대장님! 전방에 백기를 내건 상선이 나타났습니다!"

"상선이라……."

"어떻게 할까요? 길을 비키라고 정적을 울릴까요?"

"그냥 내버려 둬라. 어차피 자신들이 알아서 우리를 스쳐 지나갈 것이다. 한낱 상선이 우리를 어찌할 리는 없지 않느냐?"

"예, 알겠습니다."

원칙적으로는 함대에게 다가오는 작은 상선 하나라도 일일이 검문해야 하는 것이 전시 상태의 함대가 할 우선 과제였다.

하지만 그는 병사들의 사기를 생각하여 자잘한 원칙은 그냥 넘기로 했다.

그러나 그의 예상과는 다르게 상선은 기수를 틀어 기함 쪽으로 빠르게 다가오고 있었다.

"…대장님, 아무래도 뭔가 이상합니다. 저들이 왜 저렇게 빨리 다가올까요?"

"뭔가 사연이 있는 것이겠지. 보급 물자가 떨어졌다거나 길을 잃었다거나."

"그, 그래도 이 속도는 너무 이상한데요? 지금은 역풍인데 어떻게 이렇게 빨리 다가올 수 있을까요?"

"으음?"

그는 무심코 하늘을 바라보았다.

풍향을 가늠하기 위해 매달아놓은 깃발은 분명 저들이 달려오는 반대 방향에서 불어오고 있기 때문에 상선은 역풍을 등에 지고 있다.

그런데도 불구하고 상선은 정풍을 맞은 배보다 훨씬 더 빠르게 달려오고 있었다.

"뭐, 뭐야? 저놈들, 어떻게 저런 항해가 가능한 것이지?"

잠시 후, 빠르게 달려온 상선의 모습이 정확하게 가시거리 안에 들어왔다.

끼익, 끼익.

노를 잡은 선원을 제외하고는 아무도 눈에 들어오지 않았으며, 선미에는 사람이 한 명도 없었다.

"…이상하다. 이렇게 큰 상선에 사람이 없다고?"

바로 그때, 방심하고 있던 그의 배에 노포가 날아와 박혔다.

피융, 쿠궁!

"크윽!"

"노포가 날아왔습니다!"

"뭐, 뭐라?"

"아무래도 저놈들이 배에 노포를 설치하고 우리를 끌어당

길 모양입니다!"

"그게 말이 되는 소리인가! 배에 어떻게 노포를 설치해!"

잠시 후, 노포보다 훨씬 더 기가 막힌 일이 벌어졌다.

끼이익, 쿠웅!

노포가 배를 끌어당기는 동안 상선의 깃발이 바뀌더니 이내 선체의 측면에서 갑자기 사람들이 튀어나왔다.

"후크를 걸어라!"

"예, 대장!"

휘리리리릭!

선미에 달려 있던 노포가 서서히 느슨해지면서 배가 고깔 모양으로 머리를 대는 형국이 되었고, 측면에서 갈고리를 걸면 곧바로 배가 손쉽게 붙는 진영이 되었다.

"제기랄! 저놈들, 해적이다!"

"어, 어떻게 합니까?"

"어쩌긴, 전 함대에 비상을 발령하고 병사들을 갑판 위로 집결시켜라!"

"예!"

지금 갑판 위에 있는 병사는 고작 30명 남짓, 이 정도면 선실을 모두 점령당하고도 남을 것이다.

상선으로 위장한 해적들은 머리에 검은 두건을 두른 채 빠르게 도강해 왔다.

"모조리 죽여라!"

"와아아아아아!"

"크하하하! 우리는 검은 해적단이다!"

촤락!

"크허억!"

"목을 따라! 한 놈도 살려두어선 안 된다!"

그들은 마치 악귀에 쓴 사람들처럼 미친 듯이 병사들을 사살하고 선실 앞을 빠르게 점거해 나갔다.

그 탓에 네 구멍에서 허겁지겁 나오던 병사들은 차례대로 죽음을 맞이할 수밖에 없었다.

퍽퍽퍽!

"쿨럭! 이, 이놈들!"

"제국의 개새끼들, 다 죽어라!"

해적들은 자비란 찾아볼 수가 없었으며 일말의 망설임도 없이 병사들을 죽여나갔다.

그리하여 고작 30분 만에 배에 타고 있던 병사들은 다 죽고 선장인 예일슨만 남게 되었다.

스릉!

해적단의 두목으로 보이는 한 청년이 그에게 창을 내밀었다.

"네놈, 헤이슨의 장교인가?"

"…그렇다."

"정보를 몇 가지 발설하면 목숨만은 살려주겠다."

"정보라……. 만약 내가 거부한다면?"

"나머지는 네 상상에 맡기겠다."

"……."

해적들은 불필요한 것은 말하지도 않았고, 군더더기가 있는 행동은 아예 생각하지도 않는 것 같았다.

이런 사람들에게 협상을 시도하는 것 자체가 어불성설이라는 사실은 지나가는 개도 알 것이다.

그는 체념한 채 고개를 숙였다.

"이렇게 죽으나 저렇게 죽으나 어차피 죽는 것은 마찬가지다. 그냥 죽여라."

"군인답게 죽고 싶다 이거군."

"……."

예일슨은 입을 다물었고, 해적단 두목은 그의 목을 창으로 꿰뚫어 생을 마감해 주었다.

*　　　　*　　　　*

헤이슨 제국군의 함대를 점거한 하진은 수송선에 타고 있는 노예들을 해방시켰다.

이들은 대부분 칼리어스에서 온 난민이었지만 그렇지 않은 타국의 일반 노예도 꽤 있었다.

그들의 출신 성분이 어떻게 되었든 간에 500명이나 되는 노예가 제국으로 팔려갔다면 인간 이하의 대접을 받게 되었을 것이다.

하진은 보급함에서 꺼내온 물과 식량을 노예들에게 나누어 주었다.

"무, 물이다!"

"비켜! 물은 내 차지야!"

퍽퍽퍽!

노예들은 도대체 며칠간이나 물을 마시지 못한 것인지 물을 보자마자 미친 듯이 달려들어 마구 난동을 부려댔다.

하진은 어쩔 수 없이 머스킷을 한 발 발사하여 주의를 집중시켰다.

타앙!

"…초, 총이다!"

"쉿."

이제야 좀 조용해졌다 싶은 하진은 해방 노예들에게 구출에 대한 의의를 전달했다.

"당신들은 난민입니다. 만약 갈 곳이 있다면 지금 당장 배를 타고 떠나십시오. 붙잡지 않겠습니다."

"…무슨 속셈입니까? 배를 태워 보낸 후 우리를 대포로 쏴 죽일 작정입니까?"

"우리는 학살자가 아닙니다."

"그럼 오늘 죽은 저 제국군의 군인들은 다 뭡니까?"

"제국군이 당신들을 노예로 잡아들였기에 우리가 해방한 겁니다. 만약 저들이 노예들을 잡지 않았다면 죽을 일은 없었 겠지요."

"……."

"정말로 간다면 붙잡지 않겠습니다. 갈 곳이 있는 사람들은 일찌감치 떠나십시오. 육지에 닿을 때까지 먹을 식량과 물은 충분히 지급하겠습니다."

400명이나 되는 병사들이 5개월 동안 먹고 마실 보급품은 실로 엄청났기 때문에 이 중에서 절반이 빠져나간다고 해도 큰 문제는 없었다.

하지만 하진이 생각한 것보다 훨씬 더 많은 사람들이 손을 들었다.

"우리는 떠날 겁니다."

"우리도……."

무려 300명에 달하는 사람들이 손을 들었다.

아무래도 하진의 공격대가 제국군을 무참히 살해하는 것을 보고 난 이후라서 그런지 충격이 채 가시지 않은 것 같았다.

공격대 입장에선 다소 힘이 빠지는 일이긴 했지만, 그들을 구태여 붙잡는 것은 또 다른 억압일 뿐이다.

"좋습니다. 수송선을 타고 육지까지 가십시오. 에멘트가 되었든 카르시아스가 되었든 간에 사람이 내릴 수 있는 곳까지 가신 후에 갈 곳을 찾아 배를 띄우십시오."

"…정말 우리를 죽이지 않을 겁니까?"

"우리는 당신들을 해방시키기 위해서 왔습니다. 별다른 뜻은 없어요."

"그렇군요."

하진은 해리슨에게 보급품을 나누어 주도록 지시했다.

"저들에게 떠날 수 있도록 차비를 해주게."

"예, 대장님."

이제 하진은 남은 사람들에게 자신과 함께 군도로 돌아갈 것인지에 대해 물었다.

"우리와 함께한다면 조금 고생할 수도 있습니다. 보시다시피 우리는 아주 영세한 세력이기 때문에 풍족한 생활을 보장할 수는 없습니다. 다만 당신들이 편히 쉴 수 있는 집을 제공할 수 있고 직업도 줄 수 있습니다. 그곳에서 자유민으로서 살아가십시오. 우리가 해줄 수 있는 것은 여기까지입니다."

"자유……!"

어떤 사연으로 인해 노예가 되었는지 알 수는 없지만 모두의 사정은 비슷비슷할 것이다.

100명의 해방 노예와 이곳을 떠나려던 난민 50명이 함께 하진을 따르기로 했다.

"저희들은 당신을 따르겠습니다."

"자유를 위해서라면 미지의 땅으로 나아갈 필요가 있지요."

"좋습니다. 다만 그곳에서도 법은 지켜야 합니다. 공동체 의식을 갖고 생존해야 하며, 때론 전투도 불사해야 합니다. 할 수 있겠습니까?"

"물론입니다."

"그래요. 그것이면 됩니다. 그럼 우리가 식량을 구해서 다시 배를 띄울 테니 함께 돌아갑시다."

"목적지는 어디입니까?"

"아펠트 군도입니다."

순간, 몇몇 노예가 경악했다.

"아, 아펠트 군도는 사람이 사는 섬이 아닙니다! 그곳은 죽음만이 가득한 곳이란 말입니다!"

"그래요. 원래는 그랬지요. 하지만 지금은 우리가 살 수 있는 공간을 마련해 두었습니다. 그리고 그곳에서 살아갈 수 있도록 지키는 우리 군대가 있습니다. 생활에는 큰 문제가 없어요."

"…진심입니까?"

"만약 신뢰가 가지 않는다면 지금 떠나십시오. 붙잡지 않겠습니다."

하진은 자율적으로 사람들을 모집했기 때문에 선택은 자유였다.

결국 자유로운 선택에서 그들은 조금 더 모험적이지만 희망에 가득 찬 새로운 땅으로 한 발 내딛기로 했다.

*　　　　*　　　　*

아케인 왕국의 수도 아케인트로 제2왕자 라이너스가 귀환했다.

중앙대륙 동부 해협에 원정대 캠프를 조성해 놓은 그는 아케인트로 돌아오면서 유피란츠의 왕세자 에네스를 자신의 손님으로 초대하여 데리고 왔다.

사람들은 망국의 왕세자가 멀쩡히 산 채로 자국에 들어왔다는 것에 의아함을 감추지 못했다.

아케인 왕국은 예로부터 기수의 나라로서 진짜 전사가 아니면 손님 대접을 받지 못했기 때문이다.

그럼에도 왕가의 주요 인사가 망국의 왕자를 살려서 데리고 온 것은 참 여러 가지 의미로 해석되었다.

항간에는 에네스를 살려서 데리고 옴에 따라서 왕세자 라이오니슨의 권력층을 두껍게 하려는 의도가 있다고 예측했으며, 어떤 이는 아케인 왕국이 중앙대륙에 식민지를 건설하였음을 과시하기 위해 그를 데리고 왔다고 말하기도 했다.

일이야 어찌 되었던 간에 그가 왕국으로 들어온 일은 참으로 의외인 것만은 확실했다.

아케인트 왕궁으로 마차를 끌고 온 라이너스는 딱딱하게 굳은 에네스의 표정을 바라보며 물었다.

"긴장되는 것이오?"

"…아무래도 긴장이 될 수밖에 없군요."

"후후, 물론 그럴 것이오. 하지만 앞으론 그 긴장을 잘 살려서 자신의 생존 수단에 필요한 순발력으로 승화시키기 바라오. 미리 말해두지만 아케인의 정치판은 더럽고 치졸하며 암투와 비수가 난무하오."

아케인 왕국이 위치한 북부대륙의 거대한 벌판의 기후만큼이나 이곳의 정치판은 가차 없기로 유명했다.

배신과 암투는 기본이요, 친자식과 형제마저 밥 먹듯이 배신하고 돌아서는 곳이 바로 이곳 정치판이었다.

그런 정치판에서 살아남은 라이너스의 저력이 얼마나 대단한지는 겪어본 사람은 다들 잘 알고 있다.

에네스가 과연 라이너스의 최측근이 될 수 있을지는 미지수였다.

잠시 후, 두 사람을 태운 마차가 왕궁 대전 앞에 멈추어 섰다.

휘이이잉!

벌써부터 을씨년스러운 바람이 부는 아케인 왕궁의 위용은 보는 사람으로 하여금 할 말을 잃게 만들었다.

"…대단하군요. 이런 건축물이 실존하다니!"

"사람의 힘은 원래 대단한 것이오. 인간의 손을 거쳐 탄생하지 못할 것은 없다고 생각하오."

웅장하면서도 부드러운 선을 가진 두 개의 건물이 나란히 서 있는 아케인트 왕궁은 높이가 무려 45미터에 달하며 총 면적은 50만 평에 달했다.

돔형 지붕을 가진 것이 국왕이 기거하는 왕궁이고 뾰족한 고딕 형식의 지붕을 가진 웅장한 건물이 바로 정사를 논하는 대전이었다.

그 밖에 550개의 건물로 이뤄진 아케인 왕국의 대전은 마치 하나의 거대한 도시를 보는 것 같은 착각이 들게 만들 정도였다.

이 엄청난 건축물은 아케인 왕국이 탄생한 시절부터 지어 무려 450년이라는 건축 기간이 소요되었다. 그래서인지 아케인 왕국 사람들은 자신들의 상징을 왕궁이라고 칭하며 아이의 탄생이나 죽음을 이곳 앞에서 지내곤 했다.

아케인 왕정은 아케인트 왕궁의 정원 중에 특별히 몇 개를 개방하여 국민들이 장례와 생일 축하연을 열 수 있도록 배려하였다.

그 때문에 아케인 왕국 사람이라면 아케인트 왕궁을 한 번쯤은 꼭 들러보게 된다.

반대로 지금까지 태어나 한 번도 이곳을 본 적이 없는 에네스로선 그저 턱이 빠져라 감탄사를 늘어놓았다.

라이너스는 에네스를 데리고 왕궁 중앙대전으로 향했다.

"제2왕자 라이너스가 찾아왔노라."

"전하, 성은이 망극하옵니다!"

성문 앞을 지키던 궁정수비대 병력 30명이 도르래를 돌려 간신히 거대한 대전 문을 열었다.

쿠그그그그, 콰앙!

문을 여는 데만 해도 한참 걸리는 이 대전의 안은 성스러운 느낌마저 들 정도로 정갈하고 웅장했다.

형형색색을 내는 모자이크글라스와 대리석 조각품으로 수 놓아진 대전의 창문과 세상의 진귀한 보물이란 보물은 다 달려 있는 천장은 이곳이 천국인지 지상인지 헷갈리게 만들었다.

삼각형 지붕의 모습을 본떠 만든 왕좌에는 국왕 칼번이 근엄한 표정으로 앉아 정사를 돌보고 있었다.

대신들과 대사를 논하고 있던 칼번이 고개를 들어 아들의 등장을 바라보았다.

"제2왕자가 왔군."

"국왕폐하 만세! 제2왕자 라이너스, 폐하께 문안 인사 올리옵니다!"

"왕세자와 함께 국익 증진에 힘쓰는 모습, 가히 보기 좋다. 앞으로도 국가에 충성하라."

"예, 폐하!"

라이너스의 매력적인 은발은 칼번에게서 온 것이고 첫째 왕자 라이오니슨의 빼어난 외모 역시 그에게서 온 것이었다.

깔끔하고 중후한 멋이 있는 칼번의 외모에선 형용할 수 없는 절대적인 카리스마가 뿜어져 나오고 있었다.

그는 라이너스의 옆에 납작 엎드려 절하고 있는 에네스를 바라보며 물었다.

"누구인가?"

"유피란츠 왕국의 왕세자 에네스 공입니다."

"에네스라……. 어디선가 한 번쯤 들어본 기억이 있는 것 같다."

에네스는 고개를 땅에 쿵쿵 찧으며 외쳤다.

쿵쿵쿵!

"황은이 망극하여이다, 폐하!"

"고개를 들라. 아케인 왕국에선 아무리 비천한 신분이라고 해도 국왕 앞에선 눈을 맞추는 것이 예의니라."

"주, 죽을죄를 지었사옵니다!"

"됐다. 어서 고개를 들어 짐을 바라보라."

에네스는 고개를 들어 칼번의 눈을 똑바로 쳐다보았다.

그는 아주 흥미롭다는 표정으로 에네스를 바라보며 말했다.

"눈이 아주 깊군. 외모가 가히 절세미인의 그것을 보는 것 같아. 외모는 아비와 어미 둘 중 누구를 더 닮았더냐?"

"어미의 외모를 닮았사옵니다!"

"아아, 그렇군. 유피란츠 왕의 외모가 빼어나다곤 해도 이 정도는 아닌 것 같았는데 역시나 외탁을 했군."

"그러하옵니다, 폐하!"

이제 칼번은 고개를 돌려 아들을 바라보았다.

"왕자는 손님을 들여왔노라. 그 이유가 있는가?"

"이자는 뛰어난 기지를 가진 책략가이옵니다. 소신이 참모로 들여 쓸까 하옵니다."

순간, 주변에 있던 모든 신하들이 화들짝 놀라 그를 바라보았다.

칼번은 상당히 의외라는 표정이다.

"왕자가 참모를? 이자가 그 정도로 지략이 뛰어나단 말이냐?"

"예, 폐하. 이번 중앙대륙 동부 해안 원정대를 이끌고 에멘트 공국에 맨몸으로 맞선 자가 바로 이자이옵니다."

"그게 지략과 무슨 상관이란 말이더냐?"

"폐하, 혹시 패왕의 인장에 대한 행방에 대해서 들어보셨사옵니까?"

"으음, 그것은 칼리어스에서 공중으로 붕 뜬 상태로 없어졌다고 하지 않았더냐?"

"원래는 그랬사옵니다. 하지만 이자가 아나스타스에서 인장이 없어졌다는 소식을 듣고 본국의 왕세자에게 병력을 청하여 끝까지 그 꼬리를 물었사옵니다."

"…그래서 그것이 어디로 갔단 말이더냐?"

"에멘트 공국으로 갔사옵니다."

그제야 칼번은 천천히 고개를 끄덕였다.

"흐음, 그랬군. 그래서 맨몸으로 포격을 맞았던 것이로구나."

"예, 폐하."

그는 에네스를 아주 의외라는 눈빛으로 바라보았다.

"속된 말로 기생오라비처럼 생겼다 싶었는데 꽤나 담이 있구나."

"황은이 망극하옵니다, 폐하!"

"하하, 재미있는 청년이 이 나라로 들어왔군그래."

칼번은 현재 에멘트 공국과의 문제가 어떻게 진행되고 있는지 물었다.

"그래서 지금 동부 해협의 문제는 어떻게 되고 있나?"

"원정대를 구성하고 그곳에 함대기지를 건설하였사옵니다. 이제 그곳을 오가는 선박들을 전부 다 감시하고 그들에게 빈틈이 생기면 곧바로 무력시위를 펼칠 것이옵니다."

"그렇군."

칼번은 왕자들이 하는 일에 대해선 두 번 묻는 일이 없었다.

그는 다른 일은 아들들에게 맡겨두고 자신에게 흥미가 있는 일과 정사만 돌보면 된다고 생각하고 있었다.

이것은 반대로 아들들의 능력을 시험하는 또 다른 척도가 되니 역대 왕들은 전통적으로 왕자가 장성하면 각 분야의 업무를 분담시키고 자신은 내실을 다지는 데 주력해 왔다.

칼번은 에네스에게 꽤나 파격적인 대우를 해주기로 했다.

"대관."

"예, 폐하."

"에네스 왕세자에게 동부 리펠트 별궁을 하사하고 정원과 시종들을 내리도록 하여라."

"분부대로 시행하겠나이다, 폐하!"

동부 별궁은 잠깐 거쳐 가는 식객이 아니라 왕족의 친인척이나 손님이 몇 년 동안 기거하는 곳이다.

그런 별궁을 내어주고 정원까지 함께 하사한다는 것은 곧 작위를 수여할 수도 있다는 뜻이었다.

신하들은 그의 파격적인 처사에 놀라움을 감추지 못하였다.

"폐하, 아무리 흥미롭고 머리가 좋은 청년이라고는 하나 망국의 왕세자이옵니다! 별궁을 하사하시는 것은 좀……."

"왜? 무리라고 사료되는가?"

"예, 폐하!"

"짐은 그렇게 생각하지 않는다."

"아아……."

절대왕정의 주인인 칼번은 그 어떤 누구도 거역할 수 없는 인물이다.

지금은 그가 아들들에게 권력을 이양해 주었지만, 언제라도 그것을 자신의 것으로 만들 수 있는 역량을 가지고 있었다.

한마디로 그에게 거역하는 자는 살아남을 수 없다는 것이 정설이었다.

칼번은 자신의 파격적인 인사 단행을 거둘 생각이 전혀 없음을 시사했다.

"지금부터 에네스에게 '경'의 호칭을 하사한다. 불만 있는 자는 손을 들라."

"망극하옵니다, 폐하!"

"그럼 되었군. 에네스 경?"

"예, 폐하!"

"그대는 이제부터 이 나라의 손님이자 '경'의 칭호를 가진 사람이다. 행동거지를 신중히 하도록 하라."

"황은이 망극하옵니다, 폐하!"

에네스는 자꾸만 땅에 머리를 찧었고, 칼번은 그 모습을 아주 흥미롭게 바라보고 있었다.

제11장
축복의 날개

　네르니 공국 네리트포트 인근 암시장은 돈만 주면 목숨 말
고는 뭐든지 구할 수 있는 곳으로 통했다.

　심지어 이곳에선 30년 동안 못 찾고 있던 가족을 단 한 달
만에 찾는 흥신소도 있을 정도였다. 하진은 해적들의 집합소
라 불리는 도박장 '바다이야기'를 찾았다.

　띠링!

　"무슨 게임을 하러 오셨습니까?"

　"바둑이 밥 주러 왔다."

　"아하, 이쪽으로 오십시오."

케레니슨의 짧은 한마디에 도박장의 안내원, 이른 바 '쩐돌이'는 그를 바다이야기 깊숙한 곳으로 안내했다.

"그럼 편안한 시간 되십시오!"

"그래."

그는 쩐돌이에게 은화 한 닢을 튕겨주었고, 쩐돌이는 바람과 같이 자리를 피해주었다.

바다이야기는 하진이 지구에서 본 슬롯머신이 줄을 지어서 있었는데, 언젠가 무한의 영주 제작진이 슬롯머신 이벤트를 한 것이 생각났다. 그때는 그저 아무런 생각 없이 넘겼는데 실제로 보니 꽤 인기가 높은 도박으로 변모해 있었다.

'쓸데없이 디테일하군.'

하진은 바다이야기의 밀실로 들어가 그곳에 있는 선장 '샤크'를 만났다.

샤크 선장은 원래 퍼플리아 해적단에서 하역장을 알선해주던 하역업자였다. 하지만 퍼플리아 해적단이 망하던 해에 제국군의 압박을 피해 도망가다 다리를 잃고 이곳 네리트포트로 흘러들어 왔다.

그는 잘린 다리를 부여잡고 특유의 수완으로 이곳 바다이야기를 키워냈다.

이곳 바다이야기는 사설 도박장으로 위장하여 장물 거래소를 운영하고 있었는데, 그 소득이 해적단에 있을 때보다 훨씬 나을 정도였다. 동부 해협에서 유통되는 장물의 절반이 이곳에서 거래될 정도이니 그가 벌어들인 돈은 가히 상상조차 할수 없을 정도였다.

케레니슨은 창부 네 명을 옆구리에 끼고 앉은 그에게 트롤가죽의 일부를 던져놓았다.

철퍼덕!

"…이게 뭔가?"

"위탁 판매를 하고 싶다."

두 사람은 인사도 없이 일단 물건 얘기부터 하는 아주 삭막한 사이였다. 하지만 그로 인해서 시간낭비가 되지 않아 오히려 좋은 면도 있었다.

"흐음, 이 정도 두께에 색감이면 적어도 8미터는 넘는 괴물이었겠군."

"그렇다."

"약탈한 품목인가?"

"그걸 꼭 말해야 하나?"

"그냥 네놈이 워낙 기상천외한 짓을 잘 벌이고 다녀서 물어본 것이다."

"…닥치고, 얼마나 나올지나 계산해라. 돈 벌기 싫으면 계속지껄이고."

"하여간 저 성질머리 하곤……."

그는 돋보기로 가죽의 상태를 살피더니 이내 금화 한 닢을 튕겼다.

티잉!

"10kg당 한 장."

"괴물급 몬스터인데 그 정도밖에 안 나오나?"

"시세가 그런 것을 나더러 어쩌란 것이냐?"

케레니슨은 금화를 그의 얼굴에 집어 던지며 말했다.

찰싹!

"……."

"좋다. 나머지 돈은 네가 떼먹든 말든 상관하지 않겠다. 다만 돈이 모자라면 나머지 다리도 잘라주겠다."

그는 얼굴에 붙은 금화를 떼어내며 떨떠름한 표정으로 입을 삐쭉 내밀었다.

"쳇, 좋을 대로."

이제 케레니슨은 하진을 바라보며 거래 완료를 알렸다.

"자, 그럼 이제 물건 내리자고."

"이, 이대로 끝인가?"

"왜? 가격이 마음에 들지 않나?"

"아니, 그런 것이 아니고……."

"원래 이 바닥이 다 그래. 물건 얘기 끝나면 더 볼일 없는 곳이다. 말이 길어봐야 좋을 것이 하나도 없거든."

"흠, 그렇군."

하진은 어찌 보면 이런 거래 방법이 더 나을 수도 있겠다는 생각이 들었다.

'간단해서 좋군.'

그는 이제 짐을 내리고 식량을 구하기 위해 시장으로 나섰다.

*　　　　*　　　　*

배에서 모든 트롤 가죽을 내리고, 포탄의 흔적이 남아 있거나 상처가 난 부분을 제외하고 나자 대략 3천 골드 남짓한 돈이 떨어졌다.

며칠에 걸쳐서 벌어들인 가죽치고는 꽤 괜찮은 수익이라고 볼 수 있었다.

"목숨을 걸고 사냥한 보람이 있군."

"하지만 예상보단 수익이 적다. 우리가 꾸린 함대가 두 달에 한 번씩 출항하는데 그때마다 흑자가 나야 할 것 아닌가? 지금보다 사람이 더 많아진다면 식량을 조달하기도 벅찰 것이다."

"그때는 공격대의 숫자가 더 늘어날 테니 걱정할 것 없지 않겠나?"

"흐음, 그건 그렇지만……."

"앞으론 조금 더 좋은 판매처를 찾아보는 것도 나쁘지 않겠어."

"한번 알아보도록 하지. 저 빌어먹을 자식은 다 좋은데 삥땅을 너무 많이 치는 것 같아."

"장물 거래가 다 그렇지, 뭐."

케레니슨과 하역한 물건의 돈을 현찰로 받은 하진은 이것을 가지고 식량상인을 찾아갔다.

그는 요즘 곡물 가격이 어떻게 되는지 시세부터 알아보았다.

"쌀과 밀이 얼마나 차이 나지요?"

"대략 세 배 정도 차이가 납니다. 20㎏ 기준으로 볼 때 밀이 한 포대에 은화 세 닢이고 쌀은 한 닢에서 한 닢 50동화 사이를 오가지요."

"흐음."

하진은 이곳의 주식은 밀이니까 쌀보다는 밀을 사는 것이 맞다고 생각했다.

"좋습니다. 그럼 밀로 구매하도록 하죠. 판매 단위는 어떻게 됩니까?"

"한 베릴씩 팝니다."

케레니슨은 고개를 갸웃거리는 하진에게 단위에 대해 설명했다.

"한 베릴은 120kg이다. 그러니 열 베릴이면 1200kg, 백 베릴이면 1만 2천kg이 되는 것이지."

"아하, 그렇군."

기본 거래 단위가 18실버이니 세관에 납부할 세금까지 계산하면 대략 18실버 50동화쯤 되었다.

"그렇다면 500골드어치를 구매하도록 하지요. 내일까지 준비해 주실 수 있습니까?"

"물론이지요. 적재는 포트에서 하실 겁니까?"

"네, 그렇습니다. 상선과 보급함에 나누어 실을 겁니다. 준비해 주시지요."

"잘 알겠습니다. 선금으로 10% 내시고 내일 완납하시면 됩니다."

하진은 그에게 50골드를 건네고 계약서를 작성했다.

이제 그는 대략 1년 치 식량을 해결하게 된 셈이고, 남는 돈으로는 마소를 구매하고 농사에 필요한 물품을 구매하기로 했다.

말과 소를 파는 우마시장에 들어선 하진은 전투마로 사용하기에 적합한 말을 골랐다. 전투마는 돌격을 하는 데 있어서 두려움을 느껴서도 안 되고 기수의 명령에 즉각적으로 반응

축복의 날개 299

하는 순발력 등을 가지고 있어야 한다.

수많은 품종을 고르고 골라 250필의 말을 고른 하진은 그 것에 대한 가격을 흥정하기로 했다.

"전투마 한 마리에 금화 다섯 닢이라……. 조금 비싼 것 아 닙니까?"

"에이, 그래도 이 정도는 주셔야 우리도 본전은 건질 것 아 닙니까? 그나마 품종이 중품질이라 이 정도만 받는 겁니다. 북부산 정통 준마의 경우엔 200골드도 더 나가는 걸요?"

"좋습니다. 그럼 250필 다 해서 1,100골드로 하시죠. 물소 도 꽤 많이 구매할 겁니다."

"그, 그건 좀……."

"아니면 다른 곳을 이용할 겁니다."

"거참, 돈으로 아주 으악 소리를 지르시는군요."

"흥정이 다 그런 것 아닙니까?"

"…알겠습니다. 그럼 그렇게 합시다."

"좋습니다. 그럼 물소 좀 보여주십시오."

물소는 전투마의 1/5 정도면 구매할 수 있으니 남은 돈으론 파종에 필요한 씨앗과 종자, 농기구들을 살 수 있을 것이다.

하진은 농사와 군대에 필요한 것을 모두 구매한 후 다시 마 을로 돌아갈 배를 띄울 생각이다.

네리트포트 뒷골목의 생선, 건어물 시장 한복판에 한 여성이 허름한 갈색 로브를 뒤집어쓴 채 달리고 있다.

"하아, 하아!"

그녀의 뒤로는 대략 20명쯤 되는 불량배들이 기를 쓰고 따라붙고 있었다.

"저년, 끈질기구나!"

"거기 못 서겠느냐!"

"…너희들이야말로 참 끈질긴 녀석들이구나!"

갈색 로브로 얼굴을 가리고 있긴 하지만 언뜻 보이는 그녀의 피부와 푸른색 머리카락은 고귀한 성스러움이 물씬 풍기는 것 같았다.

불량배들은 놀랍게도 품속에서 석궁을 꺼내 들었다.

철컥!

"그냥 죽이지. 이대로는 도저히 임무를 완수할 수 없겠어."

"…어쩔 수 없지."

도대체 어떤 불량배들이 휴대용 석궁을 품속에 숨기고 다닌단 말인가?

그들이 석궁을 꺼낼 때 살짝 드러난 몸에는 은백색 문신이 수놓아져 있었다.

은백색 문신은 신성제국 전투사제들이 새기는 것으로 신성력이 섞인 잉크로만 새길 수 있다.

한마디로 저들은 뒷골목 불량배로 위장한 전투사제들이라는 소리였다.

신성제국 성기사단과 더불어 가장 강력한 전투력과 영향력을 행사하는 전투사제단은 '은빛 사신'이라는 별호가 붙은 사람들이다. 그들은 신성마법으로 이뤄진 공격 스펠을 사용하고 신의 축복으로 신체능력을 극도로 끌어올리는 능력이 있었다.

그 때문에 전장에서 그들은 없어서는 안 될 아주 귀중한 전력으로 평가 받았다.

하지만 그런 그들이 누군가를 추격하고 죽이는 일은 전장에서만 국한되기 때문에 도심 추격전은 쉽사리 찾아볼 수 없는 풍경이다.

아마 로브를 뒤집어쓴 저 여자가 신성제국에 크나큰 위협이 되거나 대역죄에 버금가는 죄를 지은 것이 분명했다. 신성제국에선 신성모독이 대역죄에 버금가니 그에 관련된 죄를 지었을 수도 있다. 그런데 조금 이상한 것은 이 엄청난 전투사제들이 여리고 작은 체구의 여자 한 명을 붙잡지 못하고 있다는 사실이다.

"허억, 허억!"

"그냥 쏴버려!"

"알겠네!"

급기야 그들은 석궁으로 여자의 아킬레스건을 노렸다.

피융!

서걱!

"으헉!"

결국 그녀는 바닥에 피를 흩뿌리며 쓰러졌다.

"…나를 죽이고도 무사할 것이라고 생각하십니까?"

"시끄럽습니다. 그냥 순순히 따라와 주시면 이런 일이 없을 것 아닙니까?"

순식간에 사방에 피로 범벅이 되자, 사람들은 이게 무슨 일인가 싶어 모두 도망치기 바빴다.

"꺄아아아아악!"

"이게 무슨 일이래? 도시경비대를 불러요!"

도망치기 바쁜 사람들 가운데 등에 방패를 매단 청년과 긴 장대를 매단 청년이 그녀의 눈에 들어왔다.

그녀는 있는 힘을 모두 쥐어 짜내 외쳤다.

"이 빌어먹을 새끼들아! 내가 뭘 그렇게 잘못했는데!"

"…시끄럽습니다. 더 이상 반항하면 곱게 죽지 못할 겁니다."

바로 그때, 방패를 든 청년과 그녀의 눈이 마주쳤다.

그녀는 최대한 처절한 표정으로 그의 앞으로 기어가 부츠를 손으로 붙잡았다.

턱!

"이봐요, 사람 좀 살려줘요."

"…나 말입니까?"

"저 사람들이 나를 죽이려 해요! 제발 좀 살려줘요!"

그는 그녀를 한참이나 바라보다가 이내 창을 뽑아 들었다.

스릉!

"일단 얘기나 좀 들어보고 결정하겠습니다."

"가, 감사합니다!"

"이봐, 케레니슨. 저들이 허튼수작을 부리면 그냥 쏴버려."

"괜찮겠나?"

"뭐 어때? 어차피 피로 범벅이 되어버렸는데."

"…하여간 저 사고뭉치."

긴 장대를 등에 매달고 있던 청년은 장대를 감싸고 있는 흰색 천을 벗겨냈다.

촤락!

그러자 마공장총이 그 모습을 드러냈다.

철컥!

"움직이면 죽는다."

"……"

창을 꺼내 든 청년이 전투사제들에게 물었다.

"무슨 이유가 있는지 몰라도 사람을 이렇게 시가지 한복판에서 죽이려 해도 되는 거요?"

"…당신이 상관할 바가 아니외다. 그냥 비키면 목숨은 살려 드리리다."

"목숨을 빼앗는다. 저 여자가 빚을 졌습니까? 얼마나 졌습니까?"

"돈으로 해결될 문제가 아니오. 그러니 그대는 그냥 가던 길 가시구려."

"거참, 말로는 도저히 해결이 안 될 위인들이군."

그는 방패로 앞을 막아섰는데, 그 주변에선 말로 표현하기 힘든 기운이 물씬 풍겨왔다.

'이 남자, 뭐지?'

청년이 뿜어내는 아우라에 주변이 압도되는 느낌이 들었고, 전투사제들은 점점 더 집중되는 관심을 피해 몸을 숨기기로 했다.

"제기랄! 나중에 다시 오자!"

"하지만……!"

"어쩔 수 없다! 경비대에 걸리면 모든 것이 끝난단 말이야!"

"…크윽, 별수 없지!"

전투사제들이 그 자리를 떠나자 청년이 그녀를 일으켜 세 웠다.

"갔군요. 무슨 일인지는 잘 모르겠지만 몸조심하는 것이 신상에 좋습니다."

"…하여간 쓸데없이 오지랖은 넓어서 그러는군."

"가지."

두 사람은 더 이상 볼일이 없다는 듯이 돌아섰고, 그녀는
조용히 두 사람의 뒤를 따랐다.

*　　　*　　　*

신성제국의 수도 실베아니아가 발칵 뒤집혔다.

콰앙!

"…도대체 전투사제들은 뭐 하는 사람들이기에 그깟 계집
하나 잡지 못해 이 소란이란 말이오!"

"면목 없습니다!"

"…지금 짐 앞에서 면목 없다는 소리가 나오시오?"

실베아니아의 지배자이자 교황인 루이슨 실베아니아 3세는
고위신관들과 대소 신료들에게 가슴에서 불을 토해내는 심정
으로 말했다.

"그 작은 계집 하나가 사라지는 바람에 교단이 무너지게 생
겼단 말이오! 그대들은 경각심을 느낄 수가 없단 말이오?"

"문제에 대해선 충분히 인지하고 있습니다. 하지만 계집이
가진 성물이 워낙 신묘한 것인지라……."

"…신묘하기 때문에 더더욱 찾아야 한다고 몇 번을 말하는 것이오."

"송구합니다!"

루이슨은 성기사단장 엘루인을 호출했다.

"엘루인!"

"예, 성하!"

"그대는 지금 당장 푸른 수도성대를 이끌고 직접 원정을 떠나시오. 그리고 이 전쟁이 끝나기 전에 성물을 반드시 되찾아 오시오. 이것은 교황으로서 명령이오."

"성부와 성자와 성령의 이름으로 반드시 그것을 되찾아 오겠습니다!"

엘루인이 떠난 그 자리에 성기사 부단장 엘리슨이 부복하며 섰다.

"성하, 말씀하신 두 번째 성물의 위치를 찾았습니다."

"…그곳이 어디인가?"

"동부 해협으로 추정됩니다. 하지만 정확한 위치는 조금 더 두고 봐야 알 것 같습니다."

그는 이제야 조금 누그러진 표정을 지었다.

"성등의 근원을 찾았다니 다행이로군."

"어떻게 할까요? 그곳으로 함대를 파견할까요?"

"그렇게 되면 아케인 왕국이 가만있지 않을 텐데? 에멘트 공국도 한몫할 것이고."

"지금은 전시입니다. 그들이 뭐라고 하던 간에 우리는 우리가 해야 할 일만 하면 되는 겁니다. 정전협약이 맺어지기 전이니 약탈만 아니라면 무엇을 해도 상관은 없습니다."

"그래, 그렇다면 성기사단 함대를 그곳으로 보내도록 하게."

"예, 성하."

그는 잠시 숨을 돌리려 옥좌에 몸을 기대어 앉았다.

"휴우……."

살며시 눈을 감은 그는 상상의 나래를 펼쳤다.

'내가 이 세계의 절대자가 될 것이다. 반드시!'

전 세계의 모든 사람이 그의 발아래에 군림하는 짜릿한 상상, 그는 스스로 신이 되겠노라 다짐했다.

*　　　*　　　*

늦은 오후, 하진은 아펠트 군도로 돌아가기 위한 행낭을 꾸렸다.

"빠진 것은 없는지 확인해 보았나?"

"예, 대장님. 헌데……."

해리슨은 닻을 올리기 전, 아까부터 계속 배의 주변을 기웃거리며 하진을 주시하고 있는 한 여인을 바라보았다.

"만약 문제가 하나 있다면 저 아가씨가 아닐까요?"

"…저 여자가 아직도 안 가고 저기 있단 말인가?"

"발도 다쳤고 행색도 남루한데 일단 배에 태우시지요."

"흐음, 단순한 떠돌이는 아닌 것 같아서 내버려 두고 있는 참이네."

"일단 태워서 얘기를 들어보시지요. 만약 아닌 것 같으면 돌려보내면 그만입니다."

"뭐, 그렇게 하세."

하진은 그녀에게 다가가 사다리를 내려주었다.

"일단 타십시오. 무슨 사연이 있는지는 차차 들어보기로 하고 말입니다."

"제가 타면 위험해질 수도 있어요. 그래도 괜찮아요?"

"이미 답은 정해져 있는 것 같은데요? 제가 안 된다고 하면 헤엄을 쳐서라도 따라올 기세 아니었습니까?"

그녀는 멋쩍게 웃으며 사다리에 올랐다.

"뭐, 그렇다면 사양하지 않고 탈게요. 자자, 어서 닻을 올리자고요!"

"닻을 올려라! 출항한다!"

단 하나 걸리던 문제를 해결한 하진은 그녀를 갑판 위로 올렸다. 남루한 차림의 그녀, 하지만 바람에 로브가 벗겨지자 그 안에 숨겨져 있던 푸른색 머리카락이 바람에 흩날리기 시작했다.

좌르르릉!

순간, 망루 위에 있던 네이튼이 내려와 그녀를 바라보며 말했다.

"…성녀!"

"성녀라니? 그게 무슨 소리인가?"

"이 여자는 성녀다. 그것도 신성력이 아주 강력한."

하진이 고개를 갸웃거리며 그녀에게 물었다.

"무슨 소리입니까? 성녀라니?"

"…얘기가 좀 길어요. 들어주시겠어요?"

"뭐, 그럽시다. 남아도는 것이 시간인데."

그는 성녀라는 여자를 데리고 선실 안으로 들어갔다.

『무한 레벨업』 3권에 계속…

초대형 24시 만화방

신간 100%, 샤워실, 흡연실, 수면실(침대석), 커플석, 세탁기 완비

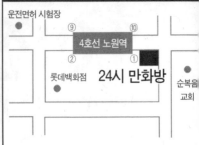
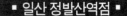
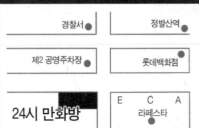

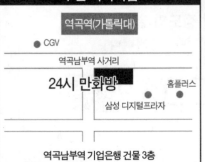
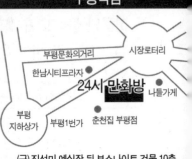

검자 新무협 판타지 소설
FANTASTIC ORIENTAL HEROES

목탁

해적으로 바다를 누비던 청년,
절해고도에 표류해… 절대고수를 만나다!

"목탁은 중생을 구제하는
좋은 이름일세"

더 이상 조무래기 해적은 없다!
거칠지만 다정하고, 가슴속 뜨거운 것을 품은

목탁의 호호탕탕 강호행에
무림이 요동친다!

Book Publishing CHUNGEORAM

연기의 신

FUSION FANTASTIC STORY

서산화 장편소설

GOD OF ACTING

PRODUCTION

DIRECTOR

CAMERA

DATE · SCENE · TAKE

무대, 영화, 방송…
모든 '연기'의 중심에 서다!

『연기의 신』

목소리를 잃고 마임 배우로 활동하던 이도원은
계획된 살인 사건에 휘말려 비참한 죽음을 맞이한다.
그런 그에게 주어진 특별한 기회, 타임 슬립.

"저는 당신의 가면 속 심연을 끌어내는 배우입니다."

이제 그의 연기가 관객을 지배한다!
20년 전으로 되돌아가 완전한 배우로서의
삶을 꿈꾸는 이도원의 일대기!

Book Publishing CHUNGEORAM

유행이 아닌 자유추구-
WWW.chungeoram.com